海外小説 永遠の本棚

詐欺師の楽園

ヴォルフガング・ヒルデスハイマー

小島衛＝訳

白水 u ブックス

PARADIES DER FALSCHEN VÖGEL
by
Wolfgang Hildesheimer
1953

詐欺師の楽園

プロチェゴヴィーナ公国のレンブラントと称せられる画家アヤクス・マズュルカ——美術史上最大の意義をになう人物のひとりとされているこの巨匠は、実はかつて実際にこの世に存在したことはない。彼の作品は後世の偽作であり、彼の評伝は虚構である。

この事実をここに前もって記しておく。なぜならこの事実こそが私の手記の基礎をなし、動機をなすものだからである。むろん読者が信用してくれようとは思わない。私がかような事実を文字にしここにはじめて公表するのは、それがただ、今後いかなる不信にもめげずあえて語らねばならぬと思うことがらに対して本質的意味をもつからであり、目前の不正を摘発しようとか、その是正をもくろむとか、そうした意図からのものではない。世に物議をかもすほど私に無縁のことはない。ミヒァエル・コールハース（十六世紀に貴族の圧制に反抗した馬商人。ハインリヒ・フォン・クライストに彼を主人公にした同名の小説がある）やハムレット王子の役は私むきではない。あたえられた境遇に満足し、原因の詮索などには関与しない、私はそうしたもののひとりであり、それから踏み出るつもりもない。

さらにまたここで言っておくが、いくたのヨーロッパ、アメリカの美術館に飾られている名作のうち、贋物《にせもの》は決して巨匠マズュルカの作品に限るものではないのである。それらの名作には偽作がまぎれこんでいる。ここにひとつ、そこにもひとつと巧妙な手ぎわでもちこまれているのである。だがそのことに関心を抱くものはだれもいない。いわゆる日常生活の領域に縁遠いことだからだ。まことにここ何年来というもの、贋作さわぎどころか一般の関心をいやがうえにも要求し、直面する人類の未来に——まさしくわれわれの直接的将来に——はるかに深刻な影響を及ぼすようなことがらがかず多くあった。いちいち列挙するのはやめておく。そのような問題に私はかつて真剣にとりくんだことはないのだから。

だが、世間一般の関心がこのように他へと逸《そ》らされてきたこと——このことこそが、たとえば架空の人物がこともあろうに中世後期あるいは近世初期の巨匠に仕立てあげられてひとりならず美術史にもぐりこむのを許したり、その作品が多くの美術館で最高傑作まがいの扱いをうけるなどという、異常な事態のいわれを説明するものであることはまちがいあるまい。なるほど彼らの名が従来未知のまま埋もれていたのは事実であるが、この「巨匠」連中は中世に生を享《う》けたどころか、現実に、しかも私の身近な係累のうちにお目にかかれるのであり、しかもこの「巨匠」たるや、動機はともあれ——これもあらかじめ明かしておくが、それがまったくの利己欲から発するものであったにせよ――くだんの美術館の「傑作」の数をふやすことを自らの使命としていたのである。

リュディアおばの家にかず多く飾られてあったのもそのような、「巨匠」の手になる最上の作品であった。この家とそこに住むものには、時間は停止しているようにみえた。「時」は音もなく外を流れ、この家には触れなかった。リュディアおばはついにそれらの絵の素性についてなにひとつ気づくことはなかった。もう知る機会はないだろう。彼女は死んだのだ。

＊　＊　＊　＊

二、三の親戚《しんせき》のものが予言したところでは、私はリュディアおばの寿命を縮めるに違いないとのことであった。だがこの予言はあたらなかった。いまとなれば名誉挽回をかねてこう断言できる。今日私ははじめて、おばが最近安らかに七十九年の生涯を終えたことを知った。その年齢ではもうまったく予想できぬことでもなし、早死したともいえまい。臨終の場に私は居合せなかった。おかげで、おばの安らかな永眠の責任をまで私に押しつけかねない意地悪な連中の口も、これでふさいだことになる。
ともかく今日でもはっきり判らないのだが、いったい私のどんな振舞があのような不吉な予言を生んだのだろうか。それを口にした連中は、ちょうどこの手記の真実の証人たち同様に――もっとも最後のひとりは別として――消息が絶えて久しいし、おそらくその大半のものがもうこの世にはいないのだろう。よしんば私に非があったにせよ、いまとなってはもうたしかめるすべもない。いずれにせよ私はだれが異論をとなえようと、かつておばに対して悪意ある反抗者であった覚えはない。たしかに、自分の見解を私に押しつけようとのおばの試みは、執拗にかつ無器用なやりかたでくり返された末に失敗に終った。いわんや彼女の環境に私を溶けこませることなどできるはずがなかった。後に判るように、反対に私はこの環境から遠ざかるばかりであった。

私はいまこの手記を、うっすらと霞《かす》む十月のある日に――冴えた感覚の持主なら滅びゆく季節のなかでしばしばめぐりあうような、ある秋の日に書いている。視野に映る葉を失った樹々、最後の馬鈴薯までさらわれた裸の畑地、そして牧草地からゆるやかに流れくる靄《もや》は、追憶の連《れん》鎖《さ》をはるか遠くから引きよせる――。まさしくこのような日に、おばの死を告げる手紙はあたかも一羽の烏《からす》の嘴《くちばし》にでも運ばれてきたように舞いこんできた。日付けは一年以上も前のものであり、多くの廻り道をへてようやく私に辿《たど》りついていた。おまけに私に直接宛てられているものではなかった。というのは、もうかなり以前から私はある国境紛争事件の犠牲者として公《おおやけ》には死んだことにされており、それいらい偽名を使って生きてきている。そのことはこの手紙の主《ぬし》、ほかならぬハンス・ハミリカル・ビュール氏にはむろん知られてはいないのである（詩人にして箴言家《しんげんか》なるこの人物は、さして名誉あるものではないにせよやはりある種の役割を、この手記のなかで演ずることになるだろう――）。

私のみもしらぬひとに宛てられているその手紙は、彫琢《ちょうたく》され純化された感動的な言葉でリュディアおばの死を報じていた。私の心にはたちまちおばと過した少年の日々がよみがえってくる。長年忘れていたさまざまの形姿や情景が目の前に浮かびあがり、ふとゆらいでは次の場面に変り――魅惑的な映画のシーンのようにたえず心を引きつけながら尽きることなく続き、私があえて中断させぬ限り今日の日までつながってくる。

まず現われくるのはリュディアおばの山荘。世紀末の繁栄期に建てられたこの家にはどこかゴシック風の保養所といったおもむきがあり、造りの薄気味悪さにも似ない親しみやすい印象をひとにあたえていた。まわりにはポプラや鈴懸《すずかけ》、黄楊《つげ》などの豊かな庭の木立があり、囲まれて立つこの気紛れなまぜこぜ様式の建物に一種ののびやかな気品を添えていた。庭園には、ギリシア神話にちなんだ二、三の石の彫刻や園亭とならんで――利用者の好みや流儀しだいで静かな瞑想《めいそう》の場ともなれば密会の場にも早替りする亭とならんで——、小さな私設墓地があり、墓がいくつか立っていたが、一見して判るように、いずれもあやしげな伝説的な祖先たちの名を刻んでいた。墓地に通ずる門には風変りな大理石が飾りにはめこまれていて、

DE MORTUIS NIHIL NISI BENE（死者には美しき憩《いこ》いのみ在り）

なる銘が刻まれていたが、これがすでに当時から銘もろともまっぷたつに崩れ落ちていたのは、まさしく象徴的であるといえた。最初の三語 DE MORTUIS NIHIL だけが（「死者には何物もなし」の意になる）どうやら読みとれたのである。

「これもなんとかしなくちゃね」ある夕方リュディアおばは、兄のローベルトおじに言った。このおじはプロチェゴヴィーナ公国に住んでいたが、時おりこうしてやってきては二、三週間私たちのところで過すのであった。

「これはこれで悪くもないと思うがね——悪くはないよ」おじはなにかもの想いに沈んだ調子でこうくり返した。その時、おじの表情に一瞬うかんだ謎めいた笑いの翳《かげ》を私は見逃さなかった。当時まだ五歳にすぎなかった私にさえ、この笑いの意味は読みとれた。——どうせここのものはどれもこれも、見掛けだけのまやかしものばかりだからね——彼はこう言っていた。

私の両親はいかなる運命のひとなのか、ほとんどなにひとつ私は知らない。おそらくなにか特別の事情があって、みながわざと口をつぐんでいたとしか思えない。ともかく私の名前はアントン・フェルハーゲン――つまり、前述の国境紛争事件前まではそう呼ばれていたのである。この名前は多くの近代絵画愛好者たちにとっては覚えがあるはずであり、ばあいによってはそれ以上のものを意味するはずである。おばの話では、私の母親は彼女の従姉妹《いとこ》にあたるということであるが、私にはあえてそれに疑義を呈する理由も、またその気持もない。このごろ私は暇にまかせて、自分は捨て児ではなかったかという新説を編みだして思いにふけるのを楽しみにしているが、それとてもなんら根拠のあることではなく、少しでも身を入れて考えてみればすぐに判ることなのである。余人はいざ知らずリュディアおばが捨て児を引きとって育てたなどとはおよそ考えられないことだ。素質といい趣味といい、おばは子供の養育などにはまったく不向きのひとであった。その正反対と言ってもいい。およそこれくらいあからさまに養育に関する無能をさらけだしていたひとに私が出遇《であ》ったのもまた稀《まれ》である。従って私とおばの結びつきというのも、もっぱらお互いの大変な誤解だけで成り立っていたともいえるわけで、しかしまたこの誤解には本来どちらの側にも責任はなかったのである。

＊　＊　＊　＊　＊

リュディアおばの身のこなしにはいつも和《なご》やかな落着きのようなものが備わっていて、おそらくはじめはただのポーズであったものがすっかり身についてしまったものと思われたが、少なくとも外観の上ではそれが彼女のきわ立った特徴をなしていた。彼女は生活を優雅な伝説めいた雰囲気でほのかに包むすべを心得ていた。そしてなにものにも心を煩《わずら》わされず、ほとんど老《ふ》けもみせずに寄せくる年輪をくぐりぬけ、いわば一枚の絨毯《じゅうたん》の上でも歩むように気をくばって生きていた。ともかくふしぎにも彼女の同世代の婦人たちのほとんどがみなそうであったように、このおばも若いころにはたいそうな美人であったようだ。そのことは、およそ空《あ》いている平たい場所にはどこにでも置かれてあった何ダースもの古い銀板写真が証明していた。だがまた、その写真のおかげでのべつまくなしに昔の自分を思い出す生活がちっとも苦にならないというのは、おばの性格を物語るひとつの重要な要素といえた。

一年のうちのかなりの月日をおばは旅に過していた。二月にはスコットランドにしぎ撃ちにでかけたと覚えているが、それもただおばの年間プログラムにはそのあたりがちょうど似合いのように思われたというだけのことかもしれないし、あるいは、衣裳戸棚のなかにそれ用の身支度をみたことがあるという記憶がさらに重なっているのかもしれない。だが追憶などというものは、まさしくこうしたことがらにおいてひとをなぶりものにすることが多いのは私もよく承知している。いずれにせよおばはパリで春の到来を迎え、そこからさらにザンクト・イグナーツ、バーデン・バーデン、ヴィルトバート、あるいはもっとどこか他の温泉保養地に旅を続けていた。もうその当時から、生を大切にするひとびとは、つねに湯治なるものを必要としていたのである。芸術祭開催の企画はまだその緒についたばかりであったが、なんであれそれに類した催しがあるときはおばは欠かさずに出むいて行った。冬の数カ月の間、話題を「凍りつかせない」ためであった。

九月末になるとおばは翌春まで休息をとるために疲れ切って戻ってきた。そのときにはいろいろな旅行みやげを私にもち帰るきまりであった。剝製《はくせい》のやまどりとか郭公《かっこう》笛、輪切りの枝の切り口に描かれた保養地の彩色風景画、マッチ箱に組みこんだ室内模型、ゴンドラ型の鉛筆入れ、鰐《わに》をかたどった本立て、その他さまざまの形をしたさまざまのもの、人や怪物や動物を模した小道具類、等々であった。たいがいのばあい、おばは前年私になにを買ってきたのか忘れていた。その結果、同種の品が大小さまざまに棚という棚に並べられてみたり、私の部屋ががらんとした狩猟小屋にどことなく似てきたり、妙なことが起った。たとえば「ベルンの便り」

と背に烙印《らくいん》された木彫りの熊公はゆうに一連隊は並んでいた。当時からこの熊公はおめみえしていたもので、今後も引き続き姿をみせてゆくに違いない。全世代の文化の流れは過ぎ去ろうとベルンの熊公は最後まで残り続けるのである。

リュディアおばがこのようなガラクタをせっせと私に贈ったのは、もっぱら自分自身の蒐《しゅう》集癖《しゅうへき》を、子供なりに当時の私にも植えつける必要を感じてのことだったのかもしれない。おばはまことに途方もない蒐集家であった。対象は歴史的由緒《ゆいしょ》のある品々に限られていた。ロココ時代の婦人用つけほくろから嗅ぎたばこ入れはもとより、重い家具類にいたるまで、要するに家具調度の全部がこれに含まれていた。こうした執心の理由はひとによっていろいろと違うだろう。おばのばあいには、その理由のいく分かはおそらく自分の空白だらけの系譜に対する不安に根ざしていて、そのあいまいな個所を、かき集めた伝来の品々で埋めようとしているようにみえた。

小型のガラスケース類は、おばはトランクに入れてもち帰った。大型の装飾物とか家具類は秋も終り近くのいく週間かにわたって届けられた。荷解きや品物の陳列にはつねに一種の儀式めいたしきたりが伴っていた。おばは居合せたひとびとに用意周到な演説をぶって、品物の使いかたやその意義を説明したのである。それが当日の客人たちにだけならまだしも、そんな話にはまったく無関心な荷解き人夫や運搬人連中にいたるまで拝聴させられることが多かった。彼らは伝統の品々についてさんざんお説教をきかされたあげく、ようやく伝統のビールを一本だけちょうだいした。この一本はひどく高くついたことになる。それからの毎晩は、この家具調度類をあっちに置いたりこっちに移してみたりの仕事についやされ、客人たちも男でさえあれば手伝いにかり出された。彼らはこの作業には上衣《うわぎ》やチョッキを脱《ぬ》いでもよいことになっていたが、二、三の連中はあらかじめそれを見こして礼装用ワイシャツの上に着る作業衣を用意してきていた。多くのばあいこの作業は一種の社交的な遊戯の観を呈した。この仕事が力に余ったり、この種の品物にさしたる関心をもたない友人たちは十二月になるまでは姿をみせなかった。年々の作業の割り当てや分担は時期前にすすんでいたし、だれしも週末の楽しみどきに働く必要はないということで、この連中は安心しておれたのである。

以上のような暮しぶりから、おばのこの気性ではいわゆる社会的関心なるものははかばかしいものではなかったと思われるかもしれない。だがこれは当らない。なるほど貧困や不幸の救済におばが尽力するのは自分自身の社交上の必要があるばあいに限られてはいたが、しかし、「自らに益しつつ他にも益せ」――この教理そのものに対してはなんらの異論をさしはさむ余地はないはずである。

というわけでおばは毎年二回慈善パーティを催した。それには多数の客人が招待され、なかにはまれにしかみられないようなひとも珍しくはなかったが、ともかくパーティは最良の意味でのいわゆる復古調でとり行われた。趣旨はさしあたっての必要に応じて変えられた。そのつどそのつどの不幸や災害に応じて選ばれたのである。あるときは結核症の鉄道従業員の救済、かと思えば次には支那の子供たちのために一同打ち興ずるというぐあいであった。その方面にさしあたり必要がないばあいにはある種の常設機関、たとえば動物愛護協会とか鉄道医療奉仕団などが目標にされた。お金はトンボラ（イタリア式のトランプの賭け）や種々のくじ引きなどを通じて入ってきた。この遊びの特徴は、もっぱら花瓶《かびん》とかそれに類した美術品の所有者の名義が代るだけでこれらの賭けごとがつねに収益をもたらすことであった。さらにたしかなことは、それらの収益はかならず合法的手続きを踏んで所定の福祉機関に届けられた。おばは折返し送られてくる感謝状に大きな関心をもっていたのである。この種の賞状類は羊皮紙製の大きな書類閉じに整理されて金庫の奥深く仕舞いこまれていたが、それはあたかも最終決算日に提示すべき証拠書類の観があった。

＊　＊　＊　＊　＊

私がはじめて本気で叱られる羽目に陥ったのは、リゼロッテ・フォン・デア・プファルツ（一六五二―一七二二年。ドイツのプファルツ選挙侯カルル・ルートヴィヒの娘。ルイ十四世の弟オルレアン公と結婚し、当時のフランス宮廷風俗を批評する書簡を書いた）のハンケチで鼻をかんだときである。おばはこのような小物までガラスケースに納めて、これに類した他のいろいろの日用品を一緒に保存していた。

私のしたことには悪意などはなかった。たまたま雪のなかを散歩して鼻風邪をひき、その最初の兆候というわけで私はくしゃみを連発していた。ちょうど昼で食堂に行く途中であったが、通りすがりにガラスケースを開いた私は、なかからこの「歴史の一片」を――私にはたんなるハンケチ以外のなにものでもないそれをつまみ出して鼻をかんだ。神聖冒瀆《ぼうとく》などとはつゆ知らず、やがて食後に私はもういちど鼻をかもうと思ってポケットからハンケチをとり出したのだが、そのときのおばの仰天ぶりのすさまじさたるや――とても当の私以外には言いあらわせないだろう。いきなりひと声呻《うめ》いたおばはハンケチを私からひったくり、芝居じみた叫びをくり返しながら自分で洗いに立って行った。そんなおばをみるのはともかく私にもはじめてであった。来客のひとりに、かなり以前に亡くなったマズュルカ研究の権威、美術史家、故ブルールムート氏も居合せたが、彼は私を前に引き据え、ちっとも面白みのないちんぷんかんぷんな言葉を使って私が犯した過ちの重大さを説いてくれた――この「自然のままなるプファルツ女の人間性」とか、その「思想の率直性」「心操の純粋性」などについてである。彼にとってそれは明らかに、自分の学殖のほどを披露する願ってもない機会であった。この水兵服姿のろくでなし坊主が聞き手としてふさわしくないことはだれの目にも明らかなはずであったが、彼はやめようとはしなかった。他の大人《おとな》たちの非難めいたまなざしも私にはほとんど痛くも痒《かゆ》くもなかった。悔悟の情などは湧いてきそうにもなかった。——プファルツのリゼロッテは死んだのだ、もうくしゃみもしないし、ハンケチの用もない——私はかんたんにそう思っていた。もっともいまの私がこの種の畏敬の感情に少しは理解の目を向けていることはいうまでもない。

私の次の過失というのは、結果からいえばたしかに前よりもひどいものであったが、同様の意味で私に罪はなかった。おまけにそれが発覚する前にうまく自分の手で痕跡を拭い消すのに成功したのである。

私たちの家の玄関を入った控えの間に大理石の置き台があって、そこに一種の鐘型のチーズ覆いで蓋《ふた》をした陶器皿が置かれていた。なかには、私には灰としかいいようがないひとつまみほどの粉末状の物質が納められていたが、これこそはかの「プラークのこやし」とよばれる珍品であった。

ここで少し詳しく説明させていただこう。読者はほんのしばらく私の歴史談義におつきあい願いたい。
一六一八年三月二十三日（五月二十三日の誤り）、皇帝の使者としてプラークにおもむいたマルティニッツ、スラヴァータ両伯爵は秘書のファブリチウスもろともプラーク王宮の窓から濠《ほり》に投げこまれ、これが直接の契機となって三十年戦争の幕が切って落された。この三人はたまたまこやし溜めの上に墜落したのでまずは無事に、生命に別状なく逃れることができた。この歴史的こやしは多くの家族によって代々受け継がれ、せりあげられ、人手に渡ってきたが、ついにそれに似た他のげてもの類とともにある競売会に出されたのを機に、おばの所有するところとなったものである。化学変化の法則に従ってこのこやしは時とともに体積を減少し、いまは鐘型チーズ覆いのなかで、一羽の鳥の命も救えるかどうかと思われるほどの憐れな残り滓《かす》になり果てていた。
政治を議する殿堂の前に肥溜《こえだめ》を置くという慣習はここ何世紀間にますます廃《すた》れてきている。そのせいか、この聖なる遺物の損亡を嘆いて私に責任を押しつけようとするものが多いようだが、そのひとたちに私は率直に声を大にして謝りたい――「吾が過失を赦し給え《メーア・クルパ》」（カトリック教会の謝罪文にみられる文句）
このこやし談義にはたしかに、ふつう少年むきの歴史噺《ばなし》にはたいていてい備わっている英雄的な要素は欠けていたが、だが私は子供特有の強情さを発揮してくり返しせがんではきかせてもらったものである。その時でも、つねに一言半句同じ言葉を耳にするのでなければ私は承知しなかった。とりわけ気に入っていたのは、当時私付きの女中をしていたフランチスカ——あの忘れ得ぬ女性の口を通して話をきくときであった。このひとは後年私にとってはるかに重要な意味をもつのだが、後にまた触れよう。他の歴史上のことがらには暗かったにせよ、ともかくフランチスカはこのこやし談義に関してだけは完璧にものにしていた。

ある日の午後、私は子供っぽい好奇心から鐘型覆いをもちあげて、その粉末をあちこちいじっていた。この憐れな残り滓から歴史的事件の痕跡を嗅ぎとろうなどという殊勝な心掛けではなかった。ただこの問題の品を近々と眺めてみたい、それだけの理由であった。たとえば大人たちがゲーテの臨終の部屋などを、もはやこの詩の王者が歩き廻ることはないと知りながらも、とくと眺めたがるのと同じである。こうした際、私たちの心に何となく戦慄《せんりつ》が湧き起るのは、ひとえに目前にある物質の過去に対する畏敬の念のせいである。

——ふと風のそよぐ気配がして、みるともうプラークのこやしは——ふたりのボヘミアの貴族と秘書ひとりの命を救い不断の物質的損耗《そんもう》をこうむりながら世代から世代へと継承され、売り払われ、せられ続けてきたこの粉末は——もはや跡形《あとかた》もなかった。土埃《つちぼこり》と化して床に散ってしまっていた。一瞬、私は化石したように呆然《ぼうぜん》とその場に突っ立っていた。やがてひとつの考えが閃《ひらめ》いた。いま考えてもまったく不思議なほどの冷静な気持で私は暖炉のところに走って行き、そこにあった灰を陶器皿に入れた。むろん色ぐあいなどは、もとの粉末こやしとすっかり同じというわけにはいかなかったが、だがなにもないよりはましであった。

このすり替えに気づいたものはだれもいなかった。だがおばが、同様なげてものを有難がる新しい取り巻き連に蒐集物中の絶品ともいうべきくだんの品を拝ませる段になると、私はその場から離れた。ほんのわずかなりとも万が一おかしな顔つきでもして、ひとに気づかれたりしないよう用心したのである。だが一度だけ例外があって記憶に残っている——それから二つ三つ年をくってからのことだが、あるとき私は数人のお客を前に、図々しくもくだんのこやし粉末の真偽は疑わしいと口を出した。するとひとりの乾涸《ひから》びたような老嬢が——たしかフォン・プフェルヒ嬢だったと思うが——私のこの一見小生意気なさし出口に対してばかげたせりふで論評を加えた——「まあ、子供《キンダー》の口《ムント》ったら！」（ばかなことをいうもんじゃありません、くらいの意）

私はかっとなった。このようなありきたりのきまり文句の比喩をそのまま額面《がくめん》通りに信じこんでしまう性分が、この時分からすでに姿をみせていた——この癖は後に多くの誤解を招くことになるのである——。

「大人《おとな》の口こそぼくをひねくれものにするのさ」私はこうお返しをした。それからどうなったものか、もう覚えていない。たしか老嬢はうろたえて黙ってしまったはずだ。この種の、間髪をいれぬお返しに応ずるには、たぶん彼女の成長は不足していたのである。思うに私のこのような態度が、例の不吉な予言となってはね返ってきたものに違いない。

＊　＊　＊　＊　＊

フィリップ・ロスコルが私の家庭教師としてやってくるその前の冬には、実際おばにとっては不快なことばかりが続いて起った。だがふり返ってみても、やはり私に罪があったとは思えない。私はただ、的はずれな教育が生み出した、その結果であるというにすぎなかった。周辺にあったものといえば、世界歴史の沈黙の証人たるがらくた類と、その間にうごめき、たえず数ばかりふえてゆく年配の大人たちばかりである。この環境ではたとえ最も単純な子供でも自然な成長のコースからしめ出されてしまうのがふつうである。いわんや私は単純な子供ではなかった。

たとえばそのころ犬騒動の一件というのがあった。いかにも憎々しげなブルドッグで、まるで神がお怒りの腹立ちまぎれに創り給うたような奇怪なご面相をぶらさげていた。飼い主はだれだったか思い出せない。犬だけが私の視野にひろがっていた。そのそばにだれかが立っていたりするとき、私はこのただれ目を剝《む》き出した獰猛《どうもう》な奴の目の前まで、その人の脚にかくれて忍び寄った。するとその人はきまって大人たちの言いぐさ通りに、この犬はおとなしいから私がなにもしかけぬ限り向うもなにもしないと請け合ったものである。まるで私がいつかこの犬になにかもくろんだことがあるような言いかたであった。数日たつうちに私は本当に恐怖感を覚えなくなった。そしてそれがすっかり消滅し切ったというときになって、このブルドッグは手ひどく私の足に嚙《か》みついたのである。

私は痛みのために叫びたてたが、それはまた勝利の歓声でもあった。私が抱いていた恐怖には正当な根拠があったのだ。こうして私は、大人たちの判断を疑う権利を大幅に手に入れたわけであった。これを境に私は気の向くままにこの権利を行使した。

だが白状すると、その際私はかならずしもつねに文字通り公正なやりかたでその権利を行使したわけではなかった。ある晩、私はベッドのなかにかたつむりがいると言い張って頑強に寝に行くのを拒んだことがあった。みなは私に罰をくらわせようとしたが、ついに私のせがみに負けてベッドを探してみた。すると大小さまざまのかたつむりがそこら一面に這《は》っていた。私は意気揚々と傍に立ち、なんとかして顔に受難者の忍苦の表情を浮べようとほね折っていた。

私は正しかったのだ。苦労してかたつむりを集めたのもベッドに忍ばせたのもこの私であったが、しかし、現にかたつむりがそこにいたという事実にはなんら変りがないというのが私の気持であった。子供の心理に理解のある読者なら、みなの注意を引きつけようとしてここでしたような私の試みを、いちがいに非難しないだろう。

　ともかく私は単純な子供ではなかった。一方、私のまわりにいた大人たちもまた単純な大人たちではなかった。その彼らにして私を思い通りにはできなかったということは、今日でもなお私の心をある種の満足感でみたしてくれるのである。

　だがこれまで述べたようなことがらから、私の幼少期が不幸であったというような結論を引き出すのもまた誤りだろう。たしかに世間なみではない異常な時期であったが、それだけに私としてはまたかけがえのないひとつの体験であり、後のさまざまの人生の難関に際して役立つものであった。もっともその難関なるものはまさしくこの異常な幼少期の体験が原因となって生じたものが多い。とすると結局、大人としての私のありかたは自分の経た幼少期や受けた教育に見合ったものであったというのが正直なところであり、この点ではたいていの他のひとたちとの間に違いがあろうとも思えない。

　私の思い出のなかには多くの幸福な日々が――とりわけおばが旅に出ている何カ月かの、もの静かで仕合せな日々がよみがえってくる。ゴシック風の窓からさしこむ午後の陽射し——台所からはかすかな二重唱の調べが、まるではるか遠くからのように、うっとりと伝わってくる。善良なフランチスカと、料理女の声だ。ふたりは民謡風の素朴なバラードを唄っている。そして私は、廻し輪を前にころがしながら階下の部屋を次から次へと走り抜け、年ごとに狭くなりゆく家具の隙間の通路を縫い、開け放たれた扉をくぐって戸外にとび出してゆく。あるいは空気銃とかパチンコをかまえて庭園をうろつきまわり、アポロやアルテミスの像を勝手気ままに狙撃《そげき》する。あるときは子供らしい好奇心のおもむくままに、およそ生きとし生けるものの末路を見極めようと墓地に向って鋤《すき》をかついで進撃する。だが、めぼしをつけた墓を掘り返してみてそれがいんちきだと判ると、このあからさまなぺてんは私の心を少しばかり憂鬱にする。雨模様の日には善良なフランチスカに頼んで、ロビンソン・クルーソーとかデカメロンとか、リュディアおばがもっているいく冊かのすてきな本のなかのどれか一冊を朗読してもらう。

それは幸福な日々であった。

＊　＊　＊　＊　＊

七歳になったとき、フィリップ・ロスコルが私の生活に入ってきた——というより、とりわけまずおばの生活に深々と入りこんできた。良家の出であるこの青年は本来は古美術商になる予定で、事実この世界では前途有望な若者とみなされていた時期もあった。だがときとともに彼は、この地味な職業が、あるていどの創意の豊かさが要求されるとはいえ、自分の進取的気性を存分に発揮するにはあまり役には立たないと悟ったのである。そこで彼は職を捨て、それ以後は、将来まちがいなく値打ち物になると踏んだ品物の取り引きにのみ打ち込んでいた。そうした適当な品がみつからぬときには、彼はそれを造らせた。当時まだ彼の道徳感情は充分といえるほど発達していなかったので、ほどなく彼の前には広大な活動分野がひらけてきた。それはふつう、他のひとびと――より厳しく罪を知るひとびとにとっては、良心の呵責《かしやく》にはばまれて閉ざされているような分野であった。

「良心の呵責なんていうのは、一種の皮膚病というのと同じことさ」これが彼の口癖であった。正直に言って私にも、彼の言うことがさしてまちがっているとは思えない。

はじめておばのサロンに姿をみせたとき、フィリップは二十代なかばの青年であった。噂《うわさ》では彼は初期ビザンチンの陶器画方面の権威で、それらの品や工匠たちに関して無類のたくみな語りくちで講釈できる人物ということであった。これはまさしくその通りであった。なるほど彼の講釈なるものは、持参の花瓶類が素性や彩色の点で贋物であったと同様に勝手な作り話であったが、それでもやはりそう言えた。おばのところに姿をみせたころ彼は、二、三カ月間国際的な美術骨董市場《こつとうしじよう》から姿をかくすのが得策であるような立場に追いこまれていた。どこかの鑑定屋に融通のきかぬのがいて、なだめすかしの効《かい》もなく、ある初期ビザンチンの花瓶の素性が疑わしいと言明したのである。古い共通の知人の紹介で、ある日フィリップは私たちの前に姿を現わした。ひと好きのする博識家、との彼の評判もその知人からあらかじめ伝えられていた。彼はその週の終りにはすでに、つまずきの因《もと》となった問題の陶器のちょっとした売れ残りをまんまとおばに売りつけていた。

　これが口火となって、おばは非現実的とも盲目的ともつかぬやりかたで、すすんでひき続く関係の深みにはまりこんでいった。数日後にはもうおばの心はこの青年に首ったけであった。それは彼にとっては子供だましの遊びのようなものであった。

　時とともに愛情がはぐくまれたが、同時におばの蒐集にいかがわしい品物の数もふえ、それらの品々に漂ううさん臭い雰囲気はどうにもかくしようもないまでになっていた。

　ほどなく彼は私たちの家に住みこんだ。私の家庭教師役という名目であったが、どうみてもこれは彼のがらではなかった。またおばがこのような奇妙な決心をした理由というのも、実際のところ私に対する教育的配慮とは無関係であった。なるほど私は一年前にすでに学齢に達してはいたが、おばはほとんど気づいていなかった。時おり来客のだれかが初歩的なことがらに関する私の無知ぶりに驚いて注意を喚起することでもなかったら、おばはまったく気づかずにいただろう。私は私で、おばが失念していることを思い出させるなどということは自分のがらではないと考えていた。

つまり私はフィリップの引越しを合法的に正当化するためのたんなる口実に使われたわけであった。こうして私は彼に教えられ、彼はおばに愛される仕儀となった。それぞれの方面で、彼はあたえるべきものをあたえたわけである。これは、子供の心理に関してはともかく、他のあらゆる面で好都合な解決策といえた。

彼が理想的恋人であったかどうか、むろん私の関知するところではないが、ともかく彼は純粋に教育的見地からみておよそ理想的教師とはいえなかった。彼の実際的知識なるものは、がいして初等教育課程には縁のうすい方面でのことがらに限られていた。だが、それにもかかわらず彼は、教えることすべてに生き生きと魅力ある姿をあたえるすべを心得ていた。たしかに彼の説明はきわめて身勝手なもので、その歴史解説にしても、事実存在したことがらよりも、彼の意見によると存在したはずのことがらの方に流れがちであった。だがすでに述べたように、がんらい彼は教育家ではなかった。ともかく、もしも「福」という言葉をこう使ってよいなら、おばは彼を雇うことによって災いを転じて「福」となしたのだということはだれしも認めねばならないのである。
こうして私ははじめて——決してこれだけで終ったわけではないが——愛のための犠牲にされた。私はそんな事情はなにひとつ知らず、ふつう子供に望まれているように、自分の家庭教師に全幅の信頼を寄せていた。彼の話がしばしば眉唾物《まゆつばもの》に陥ったり、論理の筋道が私にさえ時々おかしく思われることも多かったが、ともかく彼の教えは私の気に入った。多少の手前味《み》噌《そ》を言わせてもらうならば、このおかげで私は、真理なるものが多様な様相をもち、各人の目によって別様に認識されるという考えに、他のたいがいのひとたちよりも早く到達したのである。

＊　＊　＊　＊　＊

ゆっくりと、おだやかに、秋に木の葉が落ちるように、私の目から無知の鱗《うろこ》が剝《は》げ落ちていった。複雑な人間関係の成立ちに対する理解も徐々に拡がっていって、その果てにははやくも自らの純潔を失うという名誉をちょうだいすることになった。人生学校での精励恪勤《かっきん》に対してご褒美《ほうび》を授けられたわけである。

時々私は夜半にめざめて、まわりにたちこめる暗闇の重圧に押しつぶされそうな気がして何時間も眠られないでいることがある。たったひとり、人絶えた時間の空白地に置き捨てられ、もろもろの想念にひと筋の連関の糸を通す手がかりをつかむ気力もないままに、私ははるか遠い、なつかしい追憶へと心を旅立たせる。

するとほかのいかなる体験にもましてひんぱんに目の前によみがえってくるひとつの情景がある。それは私の人生にある特別な位置を占めているもので、夜ばかりではなく昼間でも、くり返し深い満足とささやかな感傷の念をもって私が思い起すものであるが——あの善良な女、フランチスカの私に対する誘惑である（もっとも、「善良な」という形容はここにいたってはすでにもっとも厳密な意味ではふさわしくないだろうが）。おそらくご本人はいまだかつて、自分が火つけ役を演じたなどとはっきり意識したことはなかったろう。情熱のおもむくところいつしかそうなった——私としてもそうとしか言いようがない。本来フランチスカは純潔な女であった。この考えはいまでも変らない。と同時に私は、かりに彼女がそうでなかったとしてもフランチスカの思い出は私に少しも変らぬ価値をもつものであることを強調しておきたい。

当時私は十五歳、俗に言うように、子供の靴はとうに脱ぎ捨てていた。おまけにその靴のいく足かは当時の習慣通りに、リュディアおばの言いつけでピカピカに仕上げをほどこされて、置き物として飾られてあった。それまでしておきながら、しのびよる老いのきざしを自分の周辺にできるだけ認めまいとしていたおばは、私にはかなり前からすでに子供付女中の要はなくなっているという事実を見逃していた。そのためフランチスカは、まだ私たちの家にあいまいな仕事をあてがわれて残っていたのである。

夏も盛りのころであった。おばはどこかの温泉保養地にでかけていた。フィリップはおばと私の両方から休暇をとって、彼のいわゆる「再三数カ月にわたるアフリカ旅行」なるもののひとつにでかけていた。他日アフリカ民俗芸術の権威ならびにその作品の蒐集家として、ふたたび美術商の世界に復帰することを期してのものであった。

ある日の午後、フランチスカの提案で私たちふたりは庭園のいつもの小道を逸《そ》れて、奥の方へと入って行った。この提案がはたしてどこまで言葉通りのものであったのか私は知らない。ともかくしばらくして私たちは柔らかい草叢《くさむら》の上に横になっていた。いつものように甘やいだふざけ合いがはじまり、その前奏がすむと彼女はいきなり私を引きよせた。同時に私もまた感情のおもむくままに手をさしのべ、頰を火照《ほて》らせて誘惑的に身を投げだしている彼女を抱きしめていた。きつく、私を抱く手に力をこめるとフランチスカは、自分を愛しているのかと尋ねた。「うん、愛してる」と私は答え、この答えでようやく愛する気分になったような気がして、そこで彼女を愛しはじめた。最初のうち、ふたりの愛撫はこれまでのような親しみの現われの範囲を出なかったが、やがておのずと熱情的なものに高まっていった。私たちは焦《あせ》りまごつきながらも、盛りあがりくるものに応ずるべき方途をもとめてなおも意識を保とうとしたが、それもほんの一瞬にすぎなかった。不意にあたりがかき消えた。いっさいは快楽の底に沈んだ。(むろん、さしあたっては上首尾《じょうしゅび》といえるものではなかった。だがつまりは他のことがらと同じように、これもまた努力の末にはじめてかなえられることであり、ひとつの課題として、これ以後専心とりくんでいるうちになんらの困難をも覚えなくなったもののひとつであった)

思いもかけぬ事態に気もそぞろにふたりは起きあがった。当時の私たちには、年輩者が人生のある局面をうまく切り抜けるために用いる冷静なユーモアというようなものがまだ欠けていた。それにふしぎがあったろうか？　体験はまったくはじめてのものであり、予想もしないことであった。長年の間私たちふたりはいわば仲間同士として、お互いがそれぞれの役柄を果してきた。私は無邪気な少年役、彼女は分別ある大人というわけであった。それが不意に別物になり、互いに本当に親しいものとなったいま、突然はじめて出会ったもの同士のように困惑の目で向いあったのだ。

だが時とともにふたりはこの新しい状況にも平気になった。十二歳ほど年上であったがフランチスカはすれてもいないし、また内気でもなかった。彼女の素直さには感情の根源的な自然さともいうべきものが備わっていて、それにはいかなる誤解の余地もなかった。

　こうして私ははじめて、そしておそらくはその一度だけ、愛と名づけ得るものを体験したのである。ことわっておくが、「愛」という高尚な、しかもやたら乱用されがちな言葉を、この私とて軽々しく口にしているわけではない。それなりの自覚と意図があってのことである。私があえてこの言葉を用いるのは、当時燃え上った感情の炎がほとんど変らぬはげしさで今日でも私自身心によみがえるのを覚えるからである。さらにまた、私たちの結ばれかたが、互いに親しみの高まりの末にごく自然になるべきようになったという性質のものだからである。

　こんなことを書いて、もしダンテやペトラルカが生きていたらお叱りをちょうだいするかもしれぬことはよく承知している。トリスタン（伝説にうたわれ、いくたびか作品化された悲恋の主人公。ワグナーの楽劇「トリスタンとイゾルデ」はことに名高い）もきっと私の見解には首をかしげるかもしれない。だが、いかにもひとを小馬鹿にしたような軽蔑の顔つきをするのは実はダンテやペトラルカではなくて、むしろ彼らを、真実の恋人の古典的理想像にせっせと仕立てあげている当のご本人たちであるに違いない。トリスタンとイゾルデ（トリスタンの恋人）のふたりと、私たちとの間に大きな懸隔があることは私も認めよう。似たところを探してもおそらく無駄だろう。だが私はここにあえて彼らの悲恋と私の早熟なロマンスを比較し、次のことを述べて読者のご判断の参考に供したいと思う。

前述の愛の古典詩人たちにとっては、この悲恋はひとつの理想世界であった。即ち、現実にはかつて存在せず、存在し得なかった世界であり、――私自身、身に覚えがないので測りかねるが――察するところ満たされることをはげしく望みながら、しかも決して満たされることのない憧憬であった。運命があらかじめそのように仕組んでいたのである。

もし私が読者に、ダンテとベアトリーチェが仲良くならんで、おまけにこましゃくれた娘がふたりほど加わってそろって夕餉《ゆうげ》の卓についているさまを想像してごらん、などと言おうものなら、俗っぽい野郎だということにされかねまい。だがそれこそまさに、当の読者も同じような情景を思いうかべては愚劣なこととして斥《しりぞ》けているゆえにほかならない。そんな想像はこのふたりの神聖を汚すものだと彼は言うだろう。まさしくその通りである。

つまりこのようなふたりが互いに幸福になる途《みち》は運命によって閉ざされている。彼らの憧れの対象は未知の国のように遠かった。燃えさかる彼らの願いは、現実においては深い幻滅に辿《たど》りつくよりほかにすべのないものであった。彼らもまた無意識にそれを心の底で予感していたのである。――イゾルデを乗せて刻々と近寄りくる舟を目前にしてトリスタンは自らの傷口から包帯を引き剝がし、恋人の声が耳にとどいた瞬間、彼の眼は閉じられる。もしトリスタンが恢復《かいふく》していたら彼の伝説は残らなかったろう。めでたく結ばれる幕切れをひかえての苦難との戦いなどは喜劇の材料でしかない。「セヴィリアの理髪師」の主題はこれである。また、たった二秒の手違いでロミオとジュリエットは互いに機を逸してしまう。悲劇的偶然である。だがこの偶然のおかげで私たちはひとつの悲恋物語をもつことになる。語り継がれる話にはちゃんとそれなりの理由があるのだ。

そしてまた今日なおも世間一般が「愛」と名づけているもの、——多くの二流の恋愛小説の主題とされているものも、要するに一時的な情感の高揚であり、尋常な生活の軌道からの逸脱状態にほかなるまい。だがこの愛もどこかしら古典的愛と共通のものをもっている。その実現に際してつねに難破するように運命づけられている点である。なぜならこの愛は別の目で対象を眺め別様に嗅ぎわけることをひとに教え、ひとたびこれに囚われたものには相手が自分にふさわしいか否かの判断が不可能になるからである。

だが、話が逸れたようだ。こんな話が通ずるのは、さなくとも私の意見など先刻ご承知のかたがたのみに限られるだろう。——フランチスカは後にある実直な職人と結婚した。実際に職人であったかどうかは知らないが、実直な男ときくとすぐに私は職人を考える。彼女が私たちの共通の体験を結婚にも応用したことはむろん認めねばなるまい——そしてこれはふしぎに、あるいはまことにあたりまえのことながらなるべく考えたくないことだが——だが誓って言うがその男とフランチスカでは私と同じほどには快適にいかなかったに違いない。

＊　＊　＊　＊

おそらく、私の創造的資質をひそかなまどろみから呼びさましたものはこの愛であった。いやむしろ主因をなしたのは女体の形《フォルム》そのものであったと言いたい。これこそが私のなかでひとつの体験と化し、芸術的昇華への欲求となって私の才能を明るみに引きだす役割を果してくれたのである。ともあれこの時期を境に私は絵を描きはじめた。女性の裸体画がその第一歩であった。

最初私はフランチスカにモデルになってくれるように頼んでみたが、ひどく立腹してはねつけられ、いったい自分をなんだと思っているのかとひらき直られた。私は仰天して偉大な画家たちはみなそうするむねを答えたが、それなら偉大な画家たちこそみな変態だとフランチスカは言い返した。当時の私にはまだこの非難を突きくずすに必要なしかるべき権威が欠けていた——いまはまがりなりにもそれを身につけているが、めったに利用することはないのである——。私はしどろもどろになり、どこか納得できないままにその場を去った。そして自分の空想をてがかりに——あるいはお望みなら自分の記憶をたよりにと言ってもよいが——描きはじめたのである。ともかく生《なま》の自然が拒否したのだからしかたがなかった。
最初に描いたものはまこと箸《はし》にも棒にもかからぬしろものであった。最近やたらに「子供と芸術」とか「児童の創造力」とか銘うった展覧会がひらかれて子供の奔放な空想力に感嘆する（または感嘆したがる）のがはやっているが、そのような才能を発揮するには私はもうおそすぎたし、あまりにも多く現実に目をひらかせられてもいた。それに私は絵道具の扱いかたひとつ満足に身につけていたわけではなく、お義理にも少年画家などといえたものではなかった。それでも今日私のみるところでは、当時の作品にはある種の素朴な新鮮味のようなものがないわけでもなかった。ことにそれから二、三週間後、あれこれとテーマを探したあげくに私はふたりかあるいは数人の女性像を組み合せて、たいていはそれに巧みな効果の心づもりで動物を一匹添えた構図で描きはじめたが、これらの絵にはなかんずくそのもち味が生きていた。この構図のおかげで私の絵はどこかロマンチックで物語ふうなおもむきをおび、それなりに画題が必要のように思われたので、私はおりにふれ、勝手気ままに適当な文句をみつけてはそれにあてはめた。たとえばふたりの女性橡は、それぞれの姿態に応じて「友情」あるいは「嫉妬《しっと》」、三人ともなれば「優美の三女神」、「運命の三女神」、あるいは「ヘーラ、アフロディーテ、アテーネ、三女神の争い」といったたぐいである。男性像が手に負えなかったので、「パリスの審判」と題することはまだできなかった（ギリシア神話。前記の三女神が、最も美しい女にあたえられるべき黄金の林檎を争った時、ゼウスはトロイア王プリアモスの息子パリスにその審判を命じたという）。

だがこれについては、自分の表現力の限界を知っていたということのほかに、私にはさらに、次のような理由があった。つまり私とても知恵の木の実を口にしたものである以上、この「審判」場面が神々の高貴さに対する私の感情にどうもそぐわぬように思われたのである。羊の番をしている王子パリスの前に裸で姿を現わすなんて、軽率なアフロディーテならまだしも、闇を見透す眼力をもった沈着なアテーネでもどうかと思われるのに、いわんやそれに最高神ゼウスの妻ヘーラまでも加わるというにいたってはお話にならぬ――これが私の気持であった。

これらの女性の表情に変化をつけるために、私は階下の各部屋に置かれている絵を手本にした。このためたとえば巨匠マズュルカ作「ズライカ像」の顔が私の描く王妃レダの胴体の上に麗々しく飾られたりした。このマズュルカの絵は、そこに描かれている貴婦人、つまりゾリマン八世の寵姫《ちょうき》ズライカの表情がおばに驚くほど瓜ふたつであるというので、四十歳の誕生祝いにローベルトおじが贈ったものである。レダの相手の白鳥は、ブレーム（ドイツの著名な動物学者）の「動物の生態」の挿絵から借用した。この組み合せはべつだん悪意から出たものではない。私はただある神話の情景を芸術的に再現しようと努めたまでである。

こうして私の部屋はしだいに射的場めいた雰囲気を失っていって、アトリエの体裁をととのえるにいたった。棚は大きな画用紙やベニヤの画板でさえぎられて、何足かのオランダの木靴やベルンの熊公たちもみえなくなり、郭公《かっこう》時計はいずれも鳴きやんだまま放置された。濃紺の山峡の湖や棕櫚《しゅろ》の並木路の絵葉書類もなさけようしゃなく絵具の吟味のために塗りつぶされるか、あるいはてっとり早くパレットにされた。私は絵画のもつ多様な表現力に魅せられ、探求者の熱情に心を奪われていた。何日もの間部屋にこもったまま、そこを出るのはやむをえぬ生理的要求とか、フランチスカの部屋を訪れる場合だけというありさまであった。

こういうしだいで私は、その年はじめて、例年の保養旅行から帰ってくるおばを――このたびはここ数年姿をみせなかったローベルトおじも一緒だったが――つい二、三キロ先の町の駅まで出迎えに行くのを怠った。ある日の午後おばは不意に私のアトリエに姿を現わした。いつも通りの優しい口ぶりながら、どこかそっけない調子がありありと顔に出ていて、私の怠慢に失望したことを匂わせていた。腕には今年の分のみやげをひと山つめこんだ箱をかかえていたが、中身はどうせ毎秋似たり寄ったりで、さして期待できないものにきまっていた。私は立ちあがり、申し訳なげな顔つきで神妙にあいさつをした。そして黙ったままあいまいな身振りでそこらの絵を示した。自分でさえ予想もしなかったこの変りようをどうしたらおばに説明できるのか見当がつかなかったのである。

おばは絵に目をやったまましばらくは口をひらかなかった。

「ぼくが描いたんだよ」私はさりげなく、誇らしさを抑えた声でつぶやいた。そしておばとならんで絵に検討の目を向け、同時に自分の作品をおばの目で吟味しようとした。

「そう」おばはそう言ったきりまた口をとじた。私は内心ほめ言葉のひとつも期待していたのだが、いきなりこのようなリアリズムの画面をつきつけられたおばにとっては、ほめ言葉どころかあきれて声も出ないというところだったろう。おばは絵から絵へと歩を移しながらその一枚一枚を、まるで自分の目が信じられぬとでもいうように片眼鏡をかざして仔細《しさい》に調べはじめた。そのさまを眺めていた私は、おばの口もとが妙にけわしくひきつっているのに気づいた。こうしておばの歩みが「レダと白鳥」の前に達したとき、けわしい自制の口もとはついに破裂して、「おお！」とひと声、憤激の母音が長々とほとばしり出た。そして一種千鳥足めいた歩きかたで部屋からよろめき出ていった。その後も私はこんな歩きかたは舞台の上以外では——たとえばハムレットに不実の罪を面罵されたときの王妃の足どりなどのほかには——みたことがない。

この異様な、まったく不可解なおばの態度に私はあきれ返り、不愉快な気分で、そこに置かれ放しのみやげ箱を解きにかかった。最初に現われたのはアルペン薔薇《ローゼ》の絵などがついている大小さまざまの牛の首鈴のひと組み、次はやはりアルペン地方の平和な情景のひとこまが描かれているオルゴールで、底にしるされた文字からみてふたつのメロディが――「アルプスの牧場は清らか」「つねに正しく清らなれ」このふたつの曲が――納められているはずであった。

かわいそうなおば《タンテ》、リュディア！ できる限りの善意をこめてくる年もくる年も子供っぽい玩具をひきずり帰り、時の流れをせきとめようと無意識にさまざまの工夫をこらしていたのに、この永遠の青春の夢は不意にようしゃない打撃を受けたのだ、私は心ならずもひどく極端なやりかたで、移ろいゆく時の流れをおばに突きつけたわけであった。

そんなことがあって数分後、ローベルトおじが部屋に入ってきた。私の所業を目にしたおばがさっそく注進に及んだものらしく、不在のフィリップのかわりにこのおじを相手に、目にあまる私の道徳的堕落を嘆き訴えたにちがいなかった。そこまではいかなかったとしても今回おばが示した無理解さかげんは自身の名誉を傷つけかねないほどのものであった。おばは自己流ながらつねに芸術を愛してきたはずなのである。

それはともかく、ローベルトおじは、あらたにはじめたばかりの私の活動をすぐさまひとつの判断できめてしまうような軽率なひとではなかった。彼が私の作品をみる態度は、予想通りおばとはまったく正反対のものであった。

まず部屋に足を踏み入れるやいなや、彼の口から洩れたのは感嘆の吐息であった。続いて作品のひとつひとつを手にとって詳細に検討し、まるでこわれやすい古美術品でも扱うように注意深くもとの場所に返した。そのうちの数点を彼は別にして置いた。全部を見終ると彼は選んだその数点を譲ってくれるようにと言い、紙入れを出して紙幣を一枚抜きとった。それは私がいままでみたこともない、いわんや手にした覚えもないほど高額のものであった。それからおじはふたことみこと私に文字通り激励の言葉をかけ、仲間うちのように肩を叩いて出ていった。私はその紙幣をポケットに収めた。

私の気持はふたつに分裂していた。「続けるんだね、君の道はきっとまちがってない」――おじはこう言った。いま思うといかにも手垢《てあか》づいたあたりさわりのない言葉だが、当時の私にはそんな風にはひびかなかった。またおそらくあの場合の言いかたには、ふつうまずかんぐるのが当然のような、ありきたりのお愛想めいた調子は事実ひそんではいなかったように思う。このひびきはまだ部屋のなかに尾を曳いていた。それは私が認められたことを証拠だてるものであり、ひとりの芸術家の創作力を本質的に鼓舞するものであった。だが一方ではまた、これはどうやらただごとではないという気が私にはしていた。こんなに気前よく大金をなげ出して、いったいおじは例の絵をどうしようとしているのか、私には見当がつかなかった。

予想もしなかったできごとに混乱した思いで私はベッドに腰を下ろし、ぼんやりと新品のオルゴールを手にとってハンドルを廻しはじめた。そしていままでにない物思いにふけりながら、鳴りだしたメロディに口を合わせた。いつかフランチスカが教えてくれた歌であった。

「つねに正しく清らなれ
冷たき墓に憩《いこ》うまで
たとえひと足たりとても
神の道よりはずるるな」

たしかに最初の激励の言葉を私にくれたのはローベルトおじであった。だが後に判ったように、彼はまたこの激励を餌に、私の資質が当然辿るべき道とはまったく別の方向に私を誘いだすつもりでいたのだ。

いま私の手もとに、この二重人物の手記がひと重ねそろっている。つねづね彼の口から常軌を逸するほどの物語を逐一聞かされていたおかげで、このひとの半生については私なりに知識はもっていたが、彼の手記はその不足を完全に補ってくれるものである。むろん、彼について一編の小説を書きあげるつもりは私には毛頭ない。だがいま私自身の物語を理解していただく上に重要な関わりをもつと思われるので彼の過去について私の知るほどのことをここに書き添えさせていただこうと思う。

今日のようなおだやかな静けさにつつまれた秋の日こそ、私がかの前代未聞の人物に思いをひそめるにあつらえむきの機会といえるだろう。

＊　＊　＊　＊　＊

測り得ぬ皮肉《イロニー》の気配にいちまつの優雅な親しみをにじませて、ジョコンド夫人像（モナ・リザ像）は、とある窓奥にたたずむひとのように、絵に覆われたルーヴル美術館の壁面から、仰ぎみるものたちにほほえみかけている——幻想的な岩山風景を背景に、海底めいたやわらいだ光線につつまれて神秘の翳《かげ》をいよいよ深め、高貴な手をさりげなく円柱の台の上に組み合せて——。この婦人像は西欧世界の最も完璧な美術作品のひとつにかぞえられ、その微笑は多くの美の探求者を深遠なる瞑想《めいそう》へと誘ってきた。この作品の前ではさすがお固い古典語教師たちも黙りこくるばかりであったし、他の、多くの感受性豊かな見学旅行者たちはこの絵を目にした瞬間、底しれぬ神秘のそよぎが心に伝わりくるのを感じたのである。要するにこのモナ・リザ像は——フランチェスコ・デル・ジョコンドの三人目の夫人、牝牛《めうし》と皮革の売買にもっぱら心を奪われていたこの男の妻の肖像画は――たいがいの参観者に二度と忘れ得ぬ感銘を植えつけてきた。私自身としてはそこまでの感激を覚えるにはまだ少し間があるのだが、それもひとえにまつ毛のない婦人の目が私の趣味に合わないという、それだけの理由にすぎない。当時フローレンスの貴婦人がたの間にまつ毛を抜いたり前髪を切ったりするのが流行したようだが、ともかく私のこの気持はモデルそのものに起因しているのであって作品のできばえを言っているのではない。だからこの完璧な像にたとえ一点なりとも欠陥があることに気づいているのは、たぶん巨匠レオナルド・ダ・ヴィンチ本人を別にしてはこの私ひとりだけだろう。巨匠が三年の制作の労をついやしてなおもこの作品を未完とみなし、手放そうとしなかったのもむべなるかなである。

ところで、パリ・ルーヴル美術館のこの著名な絵が実は本物ではなくて、本物に少しも劣らぬ偽作であることはすでにかなり以前からの公然の秘密であるといえよう。前回フィリップと一緒に眺めた時も、とりたててこの偽作者に好意をもつ理由などいっさい彼にはないはずなのであるが、こちらの方が皮膚の色つやの点で原作を凌《しの》いでいるという意見であった。原作は彼の記憶ではどうも生気にとぼしいそうである。だがこれは言いすぎというものだろう。私たちは万事公正であらねばならぬ。ある偉大な人物への尊崇の念はともすれば、真実にして永遠なる価値の誤認へとひとを誘いがちである。

ところで読者はこの偉大なる人物なるものが実はローベルトおじであることにお気づきになったろうか。まさしくその通りである。このおじこそは天才的な詐欺師《ぺてん》であり、神の恩寵を享《う》けた天賦《てんぷ》の偽作家であった。ジョコンド夫人像は――とても信じられぬことだが――彼が最初に手がけた作品であった。

＊　＊　＊　＊　＊

生来の名前はともかく、おじはローベルト・ギスカール（十一世紀後半、南イタリアに後のナポリ王国の基礎を築いたノルマンの征服者の名。クライストの戯曲断片に彼を主人公にした作がある）と称し、妹のリュディアおばとともにささやかな庶民の子として生れた。父親はごく平凡な、だがまっ正直で分際《ぶんざい》をわきまえた美術修理職人で、その方面では親方と呼ばれていた。従ってリュディアおばの堂々たる家系とか、その立証の意味を含めて設けられた一族の墓所などは、このおばが丹精こめて作りあげた――ときにはあやしげな趣味を加えて作りあげた――ひとつの創作にほかならなかった。両親は外的な輝きには縁もゆかりもないひとたちであった。もっともその貧しさが――ある偉大な詩人の隠喩《いんゆ》をかりるなら――「内部から輝き出る」までにとことん底をついたものであったかどうかは、私の知るところではない（リルケの『時禱詩集』第三部「貧しさと死の書」にみられる詩句――「なぜなら、貧しさとは内部から射す偉大な輝きです」)。

いずれにせよこの兄妹は、どうやら苛酷な面をしか向けてくれそうにもない彼らの運命を早々に自分たちの手で修正する腹をきめた。リュディアおばは専心あらゆる工夫《くふう》をこらして格式高い生活環境を作りあげるのに熱中し、一方ローベルトおじは必要な資金の調達にあたった。彼の莫大な芸術的才能がその手段に使われた。

これからお判りのように、自分の才能を真に創造的に用いるなどという考えは、はじめからローベルトおじにはなかったのである。芸術に対する道徳感情などというものは彼には無縁であった。不徳漢といわれても彼は否定しなかっただろう。といっていかなる理想主義にも縁遠い彼が、革命家気質であるわけはなかったし、いわゆる芸術院《アカデミー》派の連中に対しても――いま全盛期を過ぎてせいぜいどこかの古カタログに名のみ留めているにすぎぬこの十把《じっぱ》ひとからげのやからに対しても――いっそう関心は薄かった。それどころかこの連中には軽い敵意さえ抱いていた。

たいていの画家は名声を望むものであるが、偽作者の場合名前が世に出ることはその境涯を失うことを意味する。ともかくローベルトは無名を気に病まない点にかけては、はじめから他の芸術家諸公とは違っていた。富の獲得こそが彼の行動の原動力であり、いかなる芸術的ならびに道徳的抵抗もその前には無力であった。その意味で彼は、それなりに率直で計画的な実践家といえた。

ともあれ最初はまず、画家としての技術の基礎を身につけることが肝要であった。年少のころからすでに父親の熱心な弟子であった彼は、ほどなく美術品の修復方法に関する独創的才能で父を驚かせた。そこで父は彼を美術学校に通わせる決心をした。

こうしてローベルト・ギスカールは多数の画家の卵たちにまじり、傑作の前に心おきなく御《み》輿《こし》を据えるべく連日早朝、美術館に押しかけることになる。彼らの目的はローマ賞《プライス》（芸術家に与えられるフランスの政府奨学金で四年間のローマ留学が保証される）にあり、前述のように、まともな芸術的名誉欲からではなかったがローベルトもこの賞を望んでいた。そしてその課題のひとつに当時からすでに古典作品の偽造が――もっともこの場合模写《コピーレン》とよばれているが――含まれていたのである。彼に割り当てられたのはまことに残念なことにモナ・リザ像であった。というのは――いつか彼自身実に適切に言ってのけたように――ジョコンド夫人の優雅な顔《かんばせ》よりもルーベンス流のつややかな腰肉の方が彼には好ましかったのである。

こうしてローベルトはもちまえの本格的な――しかも当時は誠実そのものの――凝り性ぶりを発揮して、ある骨董店で板地《いたじ》に描かれた古めかしい絵を一枚買い込んだ。次にその古絵具をベンジンと超人的忍耐力を用いて拭い消して膠《にかわ》の下塗りだけにし、黄味がかった白の地塗りをほどこしてその上に、精細に研究したレオナルドの手法通りに色を重ねていった。はじめにてこずったのは「ぼかし塗り《スフマート》」の要領であったが彼はここでもレオナルドに習って、光の色合いが最も精妙な濃淡の移調を示す黎明の時刻を待ちうけて描くことによって克服した。他の点でも彼はいっさい厳密に範例に従った。透明顔料《ラズール》を指で塗ったり、青の色調の下塗りに緑を用いたりすることは彼には自明のことであった。この再創造の営みは彼にとっては一種の芸術体験に等しかった。こうしたたゆみない長い苦労の末に、ついに目的にふさわしく慎重に調製したワニスで仕上げを終えたとき、彼の前にいわば第二のレオナルドの作品ができ上っていたのもふしぎはあるまい。この作品に彼は三カ月を費やしたのであった。

「そうとも、天才とは勤勉の別名なりさ」彼は最初の大仕事に話が及ぶときまってゲーテのこの言葉を引用したものである。もっとも、おそらく本気で言っているのでないことは、最初にこれを口にした詩の王者(ゲーテのこと)と同じであったろう。

いままでの話でもお判りのように、さしあたりこの作品の制作に従事していたときの彼の心には、それを本物ととり替えてやろうなどという意図はまだなかったのである。だが提出の期限もせまったある日、彼が最後に苦心の結晶を原画と比較してみるために美術館を訪れた際に、不意にこの悪魔的な着想が頭にひらめき、それが以降の彼の全生涯を左右することになった。背を向けている監視人をしり目にまさに驚嘆すべき素早さで両者をとり替えたローベルトは、いかなる金額も及ばぬこの名画を小わきにかかえ、かくてのっぴきならぬ境涯に足を踏み入れた自覚も充分に足どりも軽く美術館を出た。そして軌道馬車に乗ってモンマルトルの安ホテルに――俗にいう、美神《ミューズ》の寵児住まういぶせき宿へと、帰ったのである。

　このホテルで過した貧乏時代のことをおじはとりわけことこまかに、くり返し語ってくれた。出世して人生になにごとか成しとげたひとびとの多くがそうであるように、おじの思い出ももっぱら初期の駆け出しのころに向けられていた。「それはそれでまた捨てたものでもなかったがね」――これが彼の口癖であったが、むろん現在の恵まれた境遇をあらためてふり返りみるための口実であり、抜群の手腕と――「（お判りだろうが）多少はついていたせいもあって」――彼が築きあげた幸福を味わいみるための言いぐさに違いなかった。ことに盛り沢山な晩餐が終って、ナポレオングラスに入れた少量のコニャックを両掌《りょうて》で暖めている時など、おじはいつまでも昔の貧乏生活や粗末な食事のことを話題にした。

「まあ考えてもごらん、ちっぽけな部屋につくねんと坐ってね」――おじはゆったりと後ろにもたれていかにも楽しげにしゃべった――「まわりの壁といえば一面の古新聞、家具とは名ばかりの残骸にかこまれて、まるで「ラ・ボエーム」の歌劇《オペラ》舞台そっくりだと言いたいが、もっとがたついている。みかん箱で作った机の上には例の夕食さ――酢漬けにしんのサンドイッチ、くる日もくる日もにしん攻め、およそ魚と名のつく最低の奴さ――ちゃんとした格好もなくいろいろと違ったご面相でしかひと前に現われぬしろものだ、酢漬け、塩漬け、やれ燻製《くんせい》だ――すてきな名前じゃないか、どれもこれもにしんなのさ！」前にもふれたように彼の話は脱線が多かったが、ともかくきいていて面白かったことだけはたしかである。

むろんにしんとのつき合いは長くはなかった。まず彼はローマ賞《プライス》を獲得した。選考委員会のお歴々は彼の仕事に満足し、ことに例のモナ・リザの、古めかしいみごとな仕上りぐあいは、好評はいうもおろか驚嘆の目で迎えられた。まるで、好きで難題にとり組む、熱意、天分ともに申し分のない模範生に出会ったような驚きかげんであった。

だがおじは結局ローマには行かず、ロンドンに旅立った。いつかこっそり私に目顔で暗示したように、前もって組んでいた色っぽい冒険の筋書きを実行に移すためであった。彼は天才的詐欺師《ぺてん》であるのみならず、また第一級の色事師でもあった。

＊　＊　＊　＊　＊

ロンドンで数週間遊び暮してげっそりやつれが目立つころには、彼のふところからローマ賞は消えていたので、予想より早目に芸術的手腕に頼らざるを得なくなった。ある日偶然にハンプトン旧王宮を訪れたことが彼に幸運をもたらすことになった。手入れの行き届いたこの宮殿の壁にはハンス・ホルバイン・d・J（一四九七―一五四三。老ハンス・ホルバインの次男で、ドイツ・ルネサンスの代表的画家のひとり）の筆になる、ヘンリー八世の名だたる廷臣たちの肖像画が飾られている。この氾濫する貴顕淑女を目にした彼が、いずれ宮廷婦人のひとりやふたり減ろうが増えようが問題じゃないと思いこんだのも当然であった。そこで淑女をひとり追加する決心をして名前もヴィオラ・プラットときめ、綿密な研究の後にホルバインの手法そのままに鉛筆や銀尖筆を使って特製の紙に像を描きあげ、さらに蠟《ろう》やら焼鏝《やきごて》やら手練手管の限りをつくして長期間苦心を重ねた結果、文字通りホルバインそのままのものを作りあげることに成功した。ある専門家の鑑定も、これがこのたび個人の所蔵からあらたに発見された正真正銘のホルバインの作品であることを証明した。ローベルトはまんまとこの絵を売り払い、以後数カ月好き放題に遊び暮す資金を手に入れた。

そこで彼はエジプト旅行を思い立った。現地を知らぬだれしもが思い描く夢の国への旅――この実現のために当時は約一週間の船旅が必要であった。

ところで、創造的人間にほほえみを忘れない美神《ミューズ》は、再創造者なる彼に対しても冷たくはなかった。航海途次にすでに指がむずむずしていた彼は、みだらな欲望もだしがたいままにちょっとしたルーベンスの裸婦像を仕上げた。傑作とまではいかなかったが、しかしルーベンスにしても作品の全部が全部傑作というわけではあるまい。

カイロはまさにシーズンのまっ盛りで、当時その時期にはおよそ売って売れないものはなかった。絵がまだろくに乾きもしないうちに彼はシェファーズ・ホテルで、同宿のある東方の小国の太守と知り合いになった。おそろしく肥ってたえず息を切らしている七十五歳の老人であったが、ローベルトはこの老太守が、そのものずばりの彼の絵に興味を示すに違いないとみてとった。ザクンタラヤ王国の土侯《マハラジャ》なる彼は良い値段で絵を買いとった。その程度のことは老人にはもののかずではなかった。彼らの王家では、男子の王位継承者は今日でもなお、その体重に——たいていは相当のものであるその体重に、さらに愛妾たちの体重を加えただけの目方の宝石を毎年人民に献上させているのである。

この老土侯《マハラジャ》の友人であるラプンジャルラジャルの太守もまたこの絵をみて裸体画を注文した。所望通りに自然そのままの露《あら》わさを強調しようとすると、さすがのローベルトもこのたびは古典期の巨匠の名をかたるわけにはいかなかった。彼はルーベンスの時よりもっと高額の要求をしたが、このお客も平然と支払った。思うにこの太守一族の世継ぎの男どもは、自分が使った風呂水を白金の延べ棒と引きかえに自分の宗派の信者連中に売りつけてきたに違いない。これは悪からぬみいりである。要するにこの調子でローベルトは毎年ナイル河畔に出現する貴族社会相手に、もはや芸術的超越の心境などはきれいさっぱりと諦《あきら》めて数枚の絵を仕上げたしだいであるが、そうすると彼には、やはりこうした精神風土はもっと高尚な野心の実現には不適当であることが判ってきた。そこで彼はこの地を離れた。

　彼はまずコンスタンチノープルにおもむき、ここで十二世紀の作と称するビザンチンの聖画像を一枚仕上げてトルコ国立博物館に売りつけた。ついでほんの短期間アテネを訪問——これはたんなる見学旅行以上には出なかったが、古代絵画の再生に不案内な彼としては野心のみたしようもなかったのである。こうして彼はふたたび西欧世界に帰還すべく近東特急列車《オリエント・エクスプレス》に乗りこんだ。

　今世紀はじめ十年間ほどのこの特急列車《エクスプレス》は今日と違ってはるかにロマンチックなものであった。車内にはまだ、クローム鋼や皮革類に駆逐される以前の、真紅のビロードとか、象眼細工の木彫画——ふつうシオン城（レマン湖畔にあるスイスで最も美しい城）とかナウムブルク寺院（ロマネスクから初期ゴシック様式への移行を示す有名な十三世紀の寺院）と相場はきまっていたが——こうしたたぐいのものがみられたし、発着時刻なども、時刻表でなんとか見当がつけられる今日とはよほど違ったものであった。相客といえばギリシアのサロニキとかトルコのスミルナあたりからやってきたあやしげな絨毯《じゆうたん》商とか麻薬《ハシユシ》商といった連中がほとんどで、睡《ねむ》たげにぼんやり前を眺めたり、くたびれた表情で日まわりの種子を嚙《か》んだり、時々その殻を禁止の文字もどこ吹く風で床に吐き散らしたり、こんな光景がふつうであった。この連中に、いわば薬味を添える形で、黒眼鏡をかけ長い象牙のパイプを手にした例の美しい女スパイどもがあちこちに乗り込んでいた。彼女らがいわくありげな秘密活動のために今日でもこの近東特急《オリエント・エクスプレス》を利用して往来していることは周知の通りである。要するにこの列車は当時からすでに、もっぱらこの運輸機関のために案出されたような客種でいっぱいであったもようである。連中は目的地に到着すると不可思議な方法で姿をかくしてしまう。西欧世界で彼らの姿をみかけることはきわめてまれである。たまたま駅などで、東南方面の故郷に帰ってゆく姿を目にするのがせいぜいである。

＊　＊　＊　＊

こうして次にローベルトの冒険談義が続くわけであるが、これはある意味で彼と私の人生をふたつながら運命づけるものであった。

発車一時間後に、すでにローベルトは食堂車で羊脂炒《いた》めの羊肉などの夕食をつつきながら例の女スパイのひとりと向い合せに坐っていた。彼の表現によると——時々下品な言いかたをするのが癖であったが——美人の特製標本みたいなのとさしで坐っていた。話のきっかけのつもりで彼は、遠方に行くのかどうか尋ねてみた。もっと気のきいたせりふはさすがの彼にも思い浮ばなかった。もっとも当時はまだ世界も今日ほど狭くはなかったし、こうした質問にもそれなりの意味はあった。

「それほど遠くまでじゃありませんわ」若い女性は応じてきた。

「おみうけしたところ、やはりスパイのかたでしょうね」ローベルトは続けた。

「その通りよ」

「さしあたり、どなたに雇われておいでですか？」

「いまはプロチェゴヴィーナ公国の仕事よ」

「で、報酬の方はたっぷりと——？」

「とんでもない、あの国の政府にはまだ二、三カ月分もお給料の貸しがあるわ」

「じゃいったい、どうしてよその国に鞍替《くらが》えしないのですか？」

「はじめから欲張るのはどうかしら。プロチェゴヴィーナは跳躍台《スプリング・ボード》のつもりよ。でもきっとこの次の戦争にはどこか別の大国の仕事をすると思うわ」

「それはまことに結構ですね」

「本当言うと、スパイの夢というのは戦争になったら敵《かたき》同士のふたつの大国の両方のために働くことなの。でもなかなかそうはうまく問屋が卸《おろ》さないけど」

「そうです、その通りですとも」おじは溜息まじりに答えた。「人間というものはどこまでも高望みを捨てないものです。諦めてのんびり暮すかわりに無理な目標をかかげてあくせくする、これが私たちの姿です」

「あなたは本当に哲学者ね」若い女性はこう言うと黒眼鏡をはずした。ローベルトは不意に現われた双の瞳に向き合いになったが、大げさな表現を嫌う彼にして「神々しいばかりの」と称したほどの逸品であった。

「まったくどうも――」ローベルトは神々しいばかりのその女のおもむきにどぎまぎして間の抜けた調子で言った――「さてもいろいろと悩みの種はつきぬもので――」それから彼は落着きをとり戻して尋ねた。

「あなたには心配ごとというものはありませんか?」

「私に? ないわ、でもなぜ?」女はくだんの瞳でじっとローベルトをみつめた。

「なに、ちょっとしたことですが――。では将来のことなどもまったくお考えにはならないというわけですか？」

「そうね、そんなゆとりのない職業ですもの。仕事だけで頭がいっぱい。でも悪い職業じゃないわ。いったいこのご時勢にほかにどんな仕事が女に許されているか考えてみればお判りでしょう。そりゃおそらくもう二、三年もしたら奴隷解放がひろがっているかもしれないけど、いまはとてもじゃないけどまだまだよ。あなたはきっと外交官のかたね？」

「そうなら好いんですが。でも、機密書類がお目当てなら失望なさると思っていまから申しあげておきますが、残念ながら違います。――あなたはプロチェゴヴィーナのかたですか？」

「違うわ、チェコのメーリシュ・オストラウ生れよ。父はオーストリア・ハンガリア（一八六七年より一九一八年まで存続した二重帝国）の驃騎《フザール》旅団の将軍、母はオムスク出身のユダヤ人というわけ」

「スパイにしてはまことに率直なお話しようですね」

「それが一番うまく行くこつよ。そうすると外交官のかたあたりはてきめんに相手がスパイだなんて思わないもの。私だってきっとそうは思われないでしょうよ」

「私が？　思いませんとも、決して」

「ほらごらんなさい、あなたが外交官でないなんて、やっぱり私も信じないわ」

「おみごと！　お互いの不信に乾杯しましょう」

ふたりはグラスを合わせた。ビンが空になるとローベルトは二本目を注文し、そろそろボーイたちが床掃除のためにテーブルに椅子をのせはじめたので、それをもって一緒にローベルトの車室に引きあげた。このビンも空になるとリアーネが――彼はもう相手の名前を呼ぶまでになっていた――自分のところの小さな水筒にコニャックがあると言ったので、そこでご両人は次の車輛の端にある車室へと席を移した。やがてこの水筒も飲み干されるにいたって、ふたりの友情はもはや知り合って数時間後の親しみの域はとうに通りこしていた。そして粋《いき》なひと夜の約束が交わされるにいたった。

ローベルトはこのロマンチックななりゆきを、目ざわりにぶらさがる上衣やズボンで興をそがれたくなかったので、着替えにいったん彼の車室に帰り、ほどなくパジャマ姿でリアーネのところに戻ってきた。財布は忘れずに懐中に忍ばせていた。彼一流のまことと不粋な用心深さといえた。だがこの女スパイがどんな手管を用いるか油断はできなかったし、またひょっとしてリアーネが報酬を要求した場合――むろんそんなことを彼は予想もしなかったし望みもしなかったが――ともかくけちん坊にだけはなりたくなかったのである。

リアーネとの粋なひと夜はまことにしっくりと、双方の息ぴたりと合って過ぎた。財布は要求されず終《じま》いであった。明け方まだ暗いうちに彼はさよならをして、数時間眠るためにリアーネのもとを離れた。だがその車輛の端まできてみたところ、いつのまにかそこが列車の最後尾になっていることが判った。彼の車輛は切り離されていた。というよりプロチェゴヴィーナの首都ピロティー行きのその二輛だけが、パリにおもむくべく彼が乗りこんだ列車から切り離されていたのであって、絵道具やら旅券やら、彼の全所持品は予定通りパリに向っているに違いなかった。ローベルトはつまり、近東特急《オリエント・エクスプレス》のプロチェゴヴィーナ行き支線のただなかにパジャマ姿で置き残されたのである。

彼は引き返してリアーネの車室をノックした。リアーネは扉をあけてくれた。彼はなかに入り、またやってきたがしばらくここに置いてもらうむねを言った。

リアーネはベッドに寝そべって煙草をふかしていた。「男っていうのは本当におかしなものね。だれも承知した覚えもないのに、さっそく主人顔するのね」

「でも女性はそうじゃないなどとはいえないでしょう」ローベルトはこう言ってベッドに腰を下ろした。

「私は違うわ、後を追ったりしなかったわ」

「後を追ってきたとでも思いますか？」

「ええ、まあそうね」リアーネは満足げにほほえんで指の爪先に目をやった。

「じゃあ、私が戻ってもちっとも嬉しくないのですか?」

「そりゃあなたは気に入ったわ、でも少しは眠っておきたいの」

「できれば私もそうしたかったんだが——」ローベルトは溜息をついた——「眠る場所がないんです。あることはあるんだが、つまり、この列車にはもうついてないのです」

「どういうこと?」

「この列車から切り離されてパリに向って走っているというわけです。ところがこいつはピロティーに向っている。行くつもりなんてこれっぽちもなかったのに。つまりいま私にあるものはこのパジャマと財布のほかにはあなただけというわけです」

「どうして財布をもってるの?」

「いつでも身につけています。パジャマのときでも。父伝来の習慣でしてね」

この答えにリアーネは満足したらしく、今度は姉のような親しみをみせて彼女の毛布に入るように勧めてくれた。室内が急激に冷えてきていた。おまけに次第に汽車の速度が落ちてきたと思うとついに停止してしまった。機関車がもう一度呻《うめ》き声を吐きだした後は物音ひとつなく、森閑《しんかん》となった。

しばらくすると外の通路に男たちの声がしてだれかが扉を叩いた。リアーネは毛布にすっぽりもぐりこみ、ローベルトが返事をした。

石炭粉で汚れた作業衣姿の、うす黒い男がふたり——機関士と火夫のひと組だと即座に彼はみてとったが——それにもうひとり車掌も一緒に入ってきて車室は一杯になった。だしぬけのことに驚きながらもローベルトはできるだけ愛想よく声をかけた——「せっかくおいでくださったのに坐っていただくわけにもいかず飲み物の用意さえできないのは残念です。でもあなたがたはどっちみちゆっくりというわけにはいかないでしょう。こいつが走るにはあなたがたの手が要りますからね」

「ごもっともで。そのためにこうして参上したしだいです。機関車が故障なんでしてね」

車掌は答えた。

「それはお気の毒です。でもどうしてみなさんが私のところにいらしたのか合点がいきませんね。私は機関車の修理にはずぶの素人《しろうと》です。もっともみなさんがどうしてもとおっしゃるなら、故障箇所を一度みるくらいのことはしますがね」

「その必要はないね」機関士が口をひらいた——「修繕は俺《おら》たちの手でできるけど、それにゃ六百五十ズリニーかかるんだ」

「それも私には関係ないことです。どうでしょう、ひとつ鉄道管理局とかそれに類したしかるべきところに連絡なすっては――」

ローベルトがしらっぱくれた言いかたをしていることにようやく気づいた車掌はまくしたてはじめた――いますぐ六百五十ズリニー出してもらわないと汽車は動くわけにはいかない、ここで暇《ひま》つぶしするのは彼の自由だし毛布の下のご婦人にとっても勝手だが、ただ、次の列車は木曜まではこないこと、そして今日はまだ月曜日でおまけに外は寒いことだけははっきりとご承知置き願いたい――「この辺りは――」車掌はここで窓のカーテンを引きあけ外の暗闇を指して続けた――「安全というわけにはいきません。ブラヴァチア・シュロフシュタイン山脈なる厄介ものがひかえています。主として回教徒の遊牧民の連中が住んでいますが、彼らは他国《よそ》者に対して好意的とはいえません。おまけに次の町はウラストポール、またはザンクト・ブラジエンブルクと言いますが、まだ二百五十キロは先です。しかしあなたがいますぐ六百五十ズリニー、この折り畳みテーブルに並べる決心をなさるなら万事は片がつきます。汽車は動くし、部屋はもと通り暖かくなる、毛布の下のご婦人も息がつけるというものです」

ローベルトは、いったい連中がどうやってこの金額をはじき出したのか知りたくて尋ねてみた。車掌はほっとしたようなあけすけな調子で、自分の分に二百、機関士に二百、火夫には二百五十、この計画は全部火夫の着想なので彼は五十ズリニー余分に要求しているのだと説明した。火夫は黙って傍に立ってきいていたが、そっと得意げな微笑をもらした。この程度の着想が金になるなら今後もいつでもお望み次第ひねり出してみせるとでもいいたげなようすであった。

ローベルトは五百ズリニーを彼らに渡した。この種のあつかましい企《たくら》みそのものには彼は寛容であり得たが、過度の要求に対して首肯《しゅこう》せず拒否する点では、はっきりと現実主義者《レアリスト》であった。この件は五百ズリニー以上には値しないと踏んだのである。

だが車掌は六百五十ズリニーの線をまげようとはしなかった。なにしろ三人が三人とも女房子供をかかえているのだから、と言うのである。

「いったいこの汽車には他にはだれも乗っていないのかね、そのかたたちにもこの問題に協力してもらいたいものだが」ローベルトは尋ねた。

「おりますとも！　一輛目にひとり男のお客が乗ってます。フランクフルトから商用で来ているかたです。もうお払いいただいたのですがひどく骨を折らされました」車掌は答えた。

「それで、どれくらいそのかたには要求しました？」

「四百ズリニーです。おひとりですから」

彼はそう答えると気の毒そうな表情で、リアーネがもぐっている毛布のあたりに目をやった。

——ともかくかなり割安になっているわけだ、だが結局リアーネは、本人にその気はなかったにせよ、かなり高くついたことになる——ローベルトはこう考えて六百五十ズリニーを支払った。当時としてはかなりの金額である。機関士がスピードを二倍にすると請け合うのをしおに連中は車室から去った。彼らが去って毛布の下からリアーネが怒りに燃えて這いだしたとたん、ローベルトの頭に稲妻のようにある考えがひらめいた。彼は火夫を呼び戻した。リアーネは深くひと息ついてふたたび毛布にもぐり込んだ。火夫が戻ってくるとローベルトは言った。

「あなたにも判るでしょうが、首都ピロティーの中央駅にパジャマ姿で降りたつというのは私としても愉快なことじゃありません。プロチェゴヴィーナ公国でもきっと、こんなことがあたりまえというわけではありますまい。それであなたにお許りしますが、私があなたの作業衣をつけて機関車でかわりに仕事をするというのはどうでしょう？　仕事のこつはおそらくすぐ判るでしょうし、ひょっとしたらそれがいつか私の身のためになることもないとはいえませんしね。あなたは私のパジャマを着てここにいてくれればいいのです」

リアーネの顔が毛布からとび出すと金切り声で叫んだ——「お願いよ、後生ですから！」

「ご心配なく、このひとは隣の車室にいるわけです。車掌に少し酒代《さかて》を奮発すればこのひとを閉じこめてくれるでしょう。さてわが同志はこれをどうお考えですかね？　あなたにはかわりにもう百ズリニー奮発しますよ」

「二百だね」火夫は答えた。そして煤《すす》だらけの顔にニンマリ笑いをうかべると――「俺《おら》がこの女と一緒にいてもいいんなら百ズリニーにまけとくがな」

おびえた叫びがリアーネの口から洩れた。

「それはいかん」ローベルトは強く言った――「あんたは隣に行くのだ。百ズリニー以上ビタ一文もだめだ」

「百五十では？　女房どもや餓鬼どももいるしね」火夫はしつこかった。

「女房ども？」

「俺《おら》あ回教徒でね」

「あきれたものだ、それでまだこのご婦人のそばにいたいと言うのかね、いい加減にしたまえ！　奥さんがたがこれをきいたら――」

だがローベルトは彼に百五十ズリニーをあたえた。彼は下層のひとたちの要求に対しては、同情と理解の持ち主であった。

＊　＊　＊　＊

こうして彼は炭粉にまみれ、徹夜仕事にふらつきながら、朝もかなり廻った時刻にピロティー中央駅に到着した。それまではバルカン半島の地図の上の一黒点にすぎなかったこの街で、いま彼の知り合いといえばリアーネひとりである。彼女はスパイらしからぬ女らしい優しみをみせて、さっそく彼をシグムント・ムシュタル並木通り百三十三番地にある自分のアパートに案内し、シャシュリク・チェシュコギーを料理してくれた。この料理は、今日ではブラヴァチア人がわがもの顔で自慢しているが、もともとはプロチェゴヴィーナの代表的な郷土料理に挙げられるもので、羊のひき肉に大豆、赤とうがらし、トルコ風の蜜、東インドの胡椒《こしょう》、芥子《からし》、玉ねぎ、それにさらに、小豌豆《えんどう》とかピメント、丁子《ちょうじ》類を薬味にしたにんにく、等々の材料ででできていた。

ローベルトは、もうこれ以上リアーネに自分の仕事の性質をあいまいにしておくのはやめようとただちに決心した。そこでこの郷土料理をつつきながらあいまあいまに、文字通り「澄んだ葡萄《ぶどう》酒をつぎながら」ことの真相を打ち明けた（「澄んだ葡萄酒をつぐ」という言い方は「真相を話す」の意に用いられる）。香りも高いテッサリア・ホック（ギリシア・テッサリア地方産の葡萄酒。ホックはがんらいはライン地方産の白葡萄酒）一八九九年ものを卓上に据えて、場合によっては仕事の上で手を結ぶ祝い酒のつもりであった。彼は話をはじめた。

「ひとつ提案がありますが、あなたにも充分お考えいただく値打ちのあるものです。前のおりにもちょっとふれましたが、私はスパイという職業にはあまりたしかな将来性はないとみています。そもそも戦争なるものが今後も引き続き起るものかどうか、はなはだあいまいな話です」

「第一、戦争はいつでもあるにきまってるわ」リアーネははっきりと予言した――「それに戦争がなくても、いろいろの国同士お互いに秘密を盗み合わなくちゃならないということよ」

「どうしてか私には判りませんね。よくおききなさい、私は美術商でして莫大な値打ちの絵をかなりもっています。あなたはご職業がら、さまざまの有名人とのつき合いが多い。それを有効に使って私の絵を名士になり、場合によっては国家になり売りこんでいただければ大助かりです。その後はわれわれはふたりしてなんの心配もなくすばらしい生活が送れるというわけです。たぶん郊外に別荘など構えてね――」

「ふしぎなお話ね」リアーネは頭を振って言った――「あなたがそんなありふれた理想の持ち主だなんて、ちっともそうはみえないのに。とにかくあなたまでが、ひとさえみれば正道に戻れなんてお節介をやく連中のひとりだなんて思いもしなかったわ。お次は『堕落したる者よ！』とくるのでしょう」

「どういたしまして。話はおしまいまできくものです。私の『道』が正しいなんて金輪際《こんりんざい》言うつもりはありません。ものはみかたしだいですよ」

「どうしてかしら？　私のきき違いでなければあなたはこの私を、いずれは美術商の奥方さまに仕立てあげようというのでしょう、お認めになるわね、それ以上なにか変ったお話でもなさったかしら？」

「そんなことじゃありません、もっと重大なことです。ともかくいま言っておかなくちゃなりませんが、まず最初に私がその絵を作りあげるというわけです」

「あらそう、あなたは画家さん！　それならすっかり話は別よ」

「私は画家じゃない。偽作家です。と申しても偉大な、天才的な偽作家でして、そんじょそこらの模倣屋連中とはわけが違う——美術史からほんのちょっぴりかすめ取ってわがもの顔したり、それを馬鹿正直にまねたりはしません。たとえばパリのルーヴルにあるモナ・リザはだれの作品か知ってますね？」

「知らないわ」

「そうですか、なるほど」ローベルトはいささか拍子抜けした声を出した——「きっと美術史にあまりお詳しくないのでしょう。あれはレオナルド・ダ・ヴィンチの作だと言ったらおそらく信じたことでしょうね」

「ええ、そのひとの作?」リアーネはすなおに尋ねた。

「いや、違います。だがこの話はやめておきましょう。あなたの興味は別のようですから。かわりにいつか近いうちにプロチェゴヴィーナ国立美術館の館長にご紹介願えませんか。きっと、ご、じ、っ、こ、ん、のかたがたのひとりだと思いますが――」

リアーネは憤慨したようすで、いったい自分をなんだと思っているのかと詰問した。

「そんな意味じゃない、まったく公的な意味でご存知かときいたのです」

「公的にならむろん知ってるわ。だって文部大臣ですもの。セルゲイ・スロブというの。ほかにも詩を書いたり作曲したり、いろいろなさるわ」

「それは多才なかたですね。ぜひお近づきになりたい。いずれあなたも私とそのかたが肝胆あい照らし合ってやっていけることが判るでしょう。この国について私は思い違いはしていないつもりです。だがもう少し時期を待つ必要がある。まず絵を一枚仕上げるのが先決です。ためしにレンブラントを一枚といきますかね?」

「お好きにどうぞ。どうせそっちの方はあき盲よ」

＊　＊　＊　＊　＊

ローベルトおじがくり返し言っていたところでは、偽作を排斥するのはただ小心な蒐集家とか功名心の強い美術館長だけのはなしで、この連中こそが世論を毒し、公衆の目を不必要にきびしいものにした張本人であるというのであった。――だれひとり、偽画制作に不可欠の真に創造的な苦心の過程を知らず、また、成功に絶対の必要条件であるところの、心身ともに原画の作者になりきるということがいかに難かしいことかに気づこうとはしない――こうした言いかたで彼は、リアーネのアパートで最初の、そして彼にとって唯一のレンブラントを仕上げるまでのいく週間かの苦闘について語りはじめたものである。どこか言い訳の匂いもするこの大げさな口ぶりは、ちょっぴり眉《まゆ》に唾《つば》をつけて――いやなんならたっぷり眉を湿してきくべきものかもしれないが、それはそれとして実際に彼の苦心の結晶、コルネリゥス・ラーデマーケル像に顔をつき合せたものはやはり感嘆の声を放たざるを得ないだろう。大胆な筆の運びはみごとな成功を収めていた。レンブラントの力強さと深遠さ、観察にこもる愛情、つまりこの巨匠をあらゆる時代の画家たちから卓越させ比類ない天才たらしめている特質はすべて、この偽作者のなかに生かされていた。そこにあるのは、観察者の目の冴えによっておのずとその運命、その本質を感動的に浮き彫りにされている、ひとりの初老の男の坐像であった。

(余談ながらおそらく専門のかたがたに興味があると思われることを一筆書き添えるが、同時にまた、まかりまちがってもどこかの生半可な偽作者あたりがこの話を利用したりすることのないよう、あらかじめおことわりしておく。ローベルトは最初この像を下塗りなしで真砂色《アラ・プリマ》の地に描こうと試みたが、結果は不首尾で思い止まらざるを得なかった。そこで今度は、暗い感じのねずみ色の下塗りをほどこし、その上に黄色顔料《オウカ》や褐色顔料《アンバー》を重ねて像を描きこんだ。また彼は、巨匠の愛したネープルス・イエローと透明に上塗りした暗色の間の明暗の対照《コントラスト》の妙をあまさず堪能《たんのう》するために、このオランダ生れのラーデマーケル氏に腕輪をひとつ添えるのも忘れなかった。ローベルトおじは最も真剣に仕事に打ち込んでいる時でもまたひとりの享楽者であった)

彼はレンブラントの技法に忠実にねばりの濃い顔料を用いたので、絵が乾きあがるのもまたはやかった。そのうえプロチェゴヴィーナの気候条件は乾きをはやめるのにもまことにつごうよくできていた。濡れたワニスの輝きが消えたか消えぬかのうちに――その表面には時を急ぎすぎたせいでいくつかひび割れが生じていたが、ローベルトおじはいちはやく文部大臣セルゲイ・スロブ閣下に面会を申しこんでほどなく許可された。彼はくだんのレンブラントを携えてでかけて行き、一時間半ほどトルコ風コーヒーを何杯かすすっては儀礼的会話を交わしたあげくの果てに、国立美術館でお買いあげいただければとその絵をさし出した。――ある微妙な事情から、「他にもきわめて豊富な」彼の蒐集《コレクション》からこの「極上の逸品《ピエス・ド・レジスタンス》」を手放すことにした――これが彼の言いぐさであった。

大臣は眼鏡を上にずらした。次にその絵に拡大鏡をあてて前後左右から検討し、打診めかしく叩いてみたりしてから、どうやら巨匠の中期の作品に近いようだがと口をひらいた。

「フリートレンダー（美術史家、オランダ古典絵画の権威）は一六三九年、デッサウアー（哲学者、生理学者）は四一年と鑑定しております」

「ふたりとも良い線を出しとります。わしは一六四〇年の初めの頃と踏みますな」

大臣閣下は言った。

「ホニヒシュテット（架空の人物）もそう言っております」

「いやそうでしょう、まちがいない」大臣はホニヒシュテットの見解に力を得て言葉を続けた――「このタッチといいこの筆の運びといい、これはまさしく一六四〇年のものですな、いかがですかな、あなた……」

「ギスカールと申します、閣下、ローベルト・ギスカールと申します」

「有名な名前だが、それではあなたは……」

「ノルマンの大公は私の先祖のひとりです、閣下」

「なるほど。で、ギスカールさん、いったいあなたはどういう経路でこの絵を手に入れなすったのかな？」

「私の父が遺してくれたものです。もともとは彼の父親、つまり私の祖父が、あるオランダ人の個人蒐集《コレクション》から手に入れたものです。一八六七年のことで、大地震の後であったときいております」

「なるほど。これはなんとしても私どもの国立美術館にいただきたいものです。ともかくオランダもの、は一枚きりでして、ルーベンスなのですがこれが実は――ご内聞に願いますが――まがいものでしてな」

「それはまたプロチェゴヴィーナ国立美術館にもあるまじきお話ですね」

「その通り、本来は許されんことです。だがいいですかな、わし以外にはこれはだれひとり知らんことです。これだけはわしも一般に公表するどころか政府にさえも知らせるわけにはいかん。このわしさえ黙っておれば万事まるく治まることです――、なにしろわしはこの国で、決して目に狂いのない唯一の専門家とみられておりますからな。できればわしはあなたのレンブラントで、このルーベンスの補いをつけたいものです。しかしですな、ギスカールさん、私どもの国庫はからっぽです。年がら年じゅうからっぽです。これほど豊かな伝統と古来の文化に恵まれた私どもが、こと現金に関してはちっとも恵まれとらんのです。まったくの貧乏国ですわ」

「それでしたら閣下、このレンブラントはお国に寄贈させていただきましょう」

スロブ閣下は驚いて彼をみつめ、しばしは言葉も出ないありさまであったが、やがてようやく口をひらいた。「ギスカールさん、ただいまの寛大なお申しこしはノルマン歴代諸公の輝かしきご家系にさらに名誉を重ねるものでして、わしは本当に驚きいりました。文字通りあなたはわが公国の恩人です。みな決して感謝を忘れますまい。このことをわしは総理大臣に申し伝えます。総理はかならずや即日大公殿下のお耳にいれて、勲章はいうに及ばず、あなたのために記念表彰式典がひらかれて学童たちの分列行進が盛大にくりひろげられるでしょう。むろんわしはわしでまた、学校教科書に次の版からはかならずやあなたの名前をのせるように準備いっさいをととのえましょう——それも小学校教科書からですぞ」

「おそれながら閣下、そのご配慮は尚早にすぎるものと思われます。これ以上黙っているわけにもいきませんので申しあげますが、かりにこの私がなんらかの意味で表彰に値するものとおぼしめしの節は、なにとぞこの絵の寄贈者としてではなく、その制作者としてお願いいたしとう存じます。ですがこのことはさしあたり小学校教科書にはお見合せいただく方がよろしいでしょう、子供たちの心に――厳密な意味では――正しいお手本にはならないでしょうから」

「どうも話がのみこめませんな、ギスカールさん」

「閣下、さきほど私の作品に賜わりましたご鑑定はまごうかたなき専門家《エクスパート》のものであり、閣下の専門的ご造詣《ぞうけい》の深さを示して余りあるものと申せます。なぜかと申しますに、およそこの作品を目にしてかの不滅の巨匠の筆ならずと鑑別し、私の手になる偽作と見抜くのは、限りある身の私どもには――おそれながら閣下のお目をもってしてもまた――不可能事だからであります。ことほどさようにこの私は巨匠の心をわがものとし奥底まで一体と化して制作いたしたしだいです」

「これはまたあきれた詐欺じゃ！」大臣は激昂して叫んだ。

ローベルトはすこしも動じなかった。「たしかに、閣下、これは詐欺に違いありません。しかしながらそのお叱りはしばしお待ちいただきまして私の申しますことを最後までおきき願います。要はこの詐欺が閣下のお国に大変な利益をもたらすかもしれぬということです。おききしたところでは、ここの国庫はからっぽであるとか。いかがでしょう、私はこの手でいくらでも名画傑作を生みだして閣下の美術館を満たしてごらんにいれます。それは遠からず諸国の美術館や蒐集家の関心を引くに相違ありません。いやそれだけではありません、私は閣下に古典期のある偉大な画家、民族の誇りたるべきひとりの巨匠を進呈いたします。いうまでもなくまずもってこの巨匠の実在が歴史的に実証されねばなりますまい」

「だがそれはまたどのようになさるおつもりかな、ギスカールさん？」大臣はすっかり平静に復した調子で尋ねた。彼はすでに話の筋を読みとっていた。

「私は次のように考えております——まずある謎の巨匠のすばらしい絵が一枚発見されます——いうまでもなく保存のかんばしくない状態で日の目をみる、これが第一段階。次にこの謎の巨匠の名が、ある老練な美術史家の手で明らかにされる——むろんこの役にだれを選ぶかは充分に慎重を期する必要があります。かくてこの巨匠の跡を辿って行くと例の作品の発祥地——これはお国の南の地方にみられる正教派の僧院のどれかが最適と存じますが——その僧院に辿りつく。なんとそこにはこの巨匠の傑作がなおもずらりと遺されている——この天才は何百年の昔世を捨ててこの僧院にこもり、絵筆のみを友として静寂と孤独のうちに生涯を終えたのであった、とこういうわけです。こうなるとまずアメリカの蒐集家連中が駆けつけてきます。続いてアメリカにあらゆる芸術が流れ出るのを憤慨しているヨーロッパの連中が押っ取り刀でやってくる、そしてプロチェゴヴィーナには金が流れこむ——」

「そしてあなたにも金が——」

「閣下、この私がなんらの私利私欲もなく国家に尽力するような男などとはどうぞご期待なさりませぬよう。本物の民族的な画家でもそんなことはいたしますまい」

「むろんです。判っとります」大臣はしばし思案にふけるようすで行きつ戻りつしていたが、やがてローベルトの前に足をとめると、感嘆おくあたわざる口調で言った――「ギスカールさん、あなたはさまざまの方面で辣腕家《らつわんか》だとお見受けしたが、ひとをまるめこむ方の腕もたいしたものですな」

「いえ、この方はほんのつけ足しでして。私の絵筆の働きには及ぶべくもありません」

ローベルトは遠慮深げに答えた。

「まことにもってとんでもないおひとだ」

大臣は微笑をうかべた。ローベルトはうやうやしく一礼して言った――「プロチェゴヴィーナ公国の、一介の忠実なる僕《しもべ》にすぎません――閣下のお望みとあらば――」

このやりとりがあってわずか二十四時間の後、ローベルトはヤロスラヴル五世殿下に謁見《えつけん》の招きを受け、参上後ただちに目通りを許された。すでに詳細を耳にされていた殿下は上機嫌で彼をお迎えになった。高齢をしのばせる、どこか老獪《ろうかい》に人を魅する態度で殿下は彼に人さし指をあげ、脅すような口調で言った――「そなたは手に負えぬ奴じゃの、ギスカール！」

ローベルトは深々と頭をさげ、やがて口を切った――「御意《ぎょい》の通りにございます、殿下、衆目のみるところお言葉に相違はございますまい。しかしながら殿下、この私がまたお国のために心を砕き、その弥栄《いやさか》のために独自の計画を実施せんものでありますことをおそれながらご賢察願いとう存じます」

「そなたには余がついておる」――老大公は言った――「だがそなたが本当にわが国の仕合せを念じてくれるなら、忘れずにまたわが国の民族的英雄シグムント・ムシュタルの輝かしき勲功《いさおし》をもそなたの筆で不滅のものにしてもらいたい。民族的画家には民族的英雄を描く責任があるというものじゃ」

「できるかぎり詳細にその国民的英雄の事蹟を調べる所存にございます、殿下」

「シグムント・ムシュタルは十三世紀にひとにぎりの同志を率いてわが国をブラヴァチア、ルーマニア、ヴォイヴォード、マジャール、タタール、ヴォルヒニアの諸族から解放した英雄なのじゃ」

「そんなにたくさん、一度にでございましょうか、殿下？」

「順を追うてじゃよ」

「かならずや描いてお目にかけます、殿下」

「ではそなたは仕事を続けるよう」大公殿下は愛想よくそう言うと、もう退《さが》ってよいむねの手振りをした。そしてさらにひとこと声を低めてつけ加えた――「だがギスカール、慎重にな」

「おそれながら殿下、それは手前の利益にも関わることでありますれば――」深々と一礼したローベルトはそのまま後ずさって謁見の広間より退出した。

＊　＊　＊　＊

プロチェゴヴィーナ公国の民族的画家の名はアヤクス・マズュルカときまり、伝記作者にはヴィルヘルム・ブルールムート氏が選ばれた。氏はローベルトの強い勧めによって雇われたドイツ人の芸術史専門家であった。ドイツ人の芸術史家は博学であるのみならず、なによりも最も信頼できるひとたちだからである。こうした信頼はいま二重の意味で不可欠のものであった。第一に性格的に信頼できるということ――これなくしては、万が一にも外部にマズュルカの正体が洩れ出る危険がつねに存在することになる。次には権威の面で――この点、ドイツ人学者が世間からかち得ている名声はそれなりの根拠のあるもので、彼らの手がける仕事の質の良さ、とくにその本質的徹底性を保証していた。実際このブルームート氏は課された役割をみごとに果して、共謀者数人をことごとく満足させた。その著書『アヤクス・マズュルカとプロチェゴヴィーナ初期バロック芸術』（全四巻、一九一二年ライプチッヒ・トレプテ‐ザッセンロイター出版社）は、この美術史上まれなる事件を扱った模範的上作であるのみならず、マズュルカの真相を知るものですら、みごと学理にかなった驚嘆すべき想像力の産物と認めざるを得ないほどの名著であった。この名著は将来いつかこれを手にするひとびとを――なかんずく、学問的著作なりとも表現内容の真実よりも表現技術に重きをおいて読むひとびとを（残念ながらさような読者は今日まことにまれであるが）、大いに楽しませるに違いない。

この浩瀚《こうかん》な書物からここに引用を試みることは冗長のそしりを免れまい。しかしながら、マズュルカの名をたんに美術史の一人物としてしかご存知のない読者のために、ここに『リーダーマイヤー芸術案内』（第九版、一九一二年）より該当する一項目をひいて、かの巨匠の生涯をうかがいみるに当っての便に供したいと思う。

――アヤクス・マズュルカ（またはマジュルカ。屢々《しばしば》マジルカと呼ばれるは誤り）十七世紀初頭のプロチェゴヴィーナの画家。「プロチェゴヴィーナのレンブラント」と称せられる。貧困なるも聖書を尊ぶ農民の子として一五七九年（?）南プロチェゴヴィーナ、ウラストポール在ピロミシュルに生れる。年少期の詳細は不明（巨匠の年少期を過度に浪漫的《ロマンチック》に描く試みがあるが事実を曲げるものである）。一五九四年クレタよりスペインへの旅の途次プロチェゴヴィーナに立ち寄ったエル・グレコと知り合う。グレコはたまたま両親の農屋の壁に石片で描かれていた数点の絵を見て、この少年の非凡な素質を認め、彼に画筆の用法を説き、かつ画法の基礎の若干を教授した。数年後、なおもグレコの影響の色濃い二作品「サウル、ガリレア人を宮殿より駆逐す」（一五九七年作。ピロティー市、プロチェゴヴィーナ国立美術館蔵）、「ヨーゼフとポーティファルの妻」（一五九八年作。個人蔵）が成立。後にグレコの影響を脱して直截・緊密なる画風を確立し、一六一七年より一六二八年にわたり、生涯最高の充溢《じゅういつ》せる迫力を示す幾多の名作を完成した——「シグムント・ムシュタル、ルーマニア、タタールの征討を叫ぶ」（一六一七年作。ベルリン、皇帝《カイザー》フリードリッヒ博物館蔵）、「アドリアノープルに臨むシグムント・ムシュタル」（一六一九年作。ロンドン、国立画廊蔵）、「ヴォイヴォード人目差して馬を駆るシグムント・ムシュタル」（一六二〇年作。パリ、ルーヴル美術館蔵）、「恋人たちの驚き」（一六二四年作。フローレンス、ウフィツィ美術館蔵）、「臨終の床に横たわるシグムント・ムシュタル」（一六二八年作。ソールト・レイク、ユーター州立美術館蔵）。一六二九年、ゾリマン九世の宮廷・ハレム御用画家としてコンスタンチノープルに招聘《しょうへい》され、ここで「ズライカ像」（一六三一年作。個人蔵）、「ツァミーラ像」（一六三三年作。個人蔵）の二作を完成したが、年と共にハレムの空気に束縛を覚え六年後に早くもここを去って郷里に帰還、以後死に至るまでルドミール正教修道院に隠棲し、飽くなき創造力をもって自らの偉大なる使命に身を捧げた。一六四九年、正教修道士、修道尼の群れに囲まれて永眠。ここで完成した諸作——「エウロペと雄牛」（一六四六年作。カリフォルニア、ミューニック市立美術館蔵）、「レダと白鳥」（一六四七年作。ザンクト・ペーテルスブルク王宮蔵）、「半獣神《サテユロス》と若者達《エフエーベン》」（一六四七年作。アラバマ州イスキア、ホーマー・S・ワルター財団蔵）——等は最大の充実に代る最高の成熟を示す作品といえよう。彼の作品は久しく散佚《さんいつ》したものとみなされて来たが、一九〇九年より一九一三年にわたり、ルドミール正教山岳修道院（「ビザンチン芸術」並びに「階段建築」の項を参照せよ）に於て、プロチェゴヴィーナ解放戦争以来世に忘れられ収蔵され来たったところを発見された。

文献——ヴィルヘルム・S・ブルールムート『アヤクス・マズュルカとプロチェゴヴィーナ初期バロック芸術』、ティモスィー・ボザムスワース『アヤクス・マジュルカ——晩年の作品——簡明解説』、デシェ・ポリアコフスキー『Zu strzomay Ayaxu Mazyrkagu valorrzszsy?』（ポーランド語に似た架空の言葉。プロチェゴヴィーナ語というところ。「アヤクス・マズュルカの××価値××」？）、ギーゼレル・フェールヴァルト『山岳修道院の巨匠

――マズュルカ物語』――

（フェールヴァルトは実話物で広い読者層をもつドイツの作家、ポリアコフスキーはブルールムート氏のプロチェゴヴィーナにおける門弟。ボザムスワースなる人物がなにものなるかは不明。おそらくブルールムート氏自身の匿名であろう）。

いまやローベルトはプロチェゴヴィーナ自由並木通り《ブールヴァール》に宏壮な邸宅と二頭立て馬車、豪勢な月々の手当を支給されて、さしあたりスパイを休業したリアーネとともに希望通りの――しかもかなりぜいたくな希望通りの生活を送ることができた。彼の仕事の内容については、大公殿下、総理大臣、文部大臣、大蔵大臣、それともうひとり美術史学者ブルールムート氏以外はだれひとり知らなかった。世間では彼はたんなる美術通、作品蒐集家で通っていて、暮しぶりのぜいたくさも当然とみられていた。芸術になんらかの関わりをもつものはみな金持ちだからである――芸術家だけは別として。

だが、富裕と安定はまた別物である。ローベルトは多額のズリニーを溜めこんでは、それを由緒《ゆいしょ》正しい家系の創出と格式高い家郷の設立資金として妹のリュディアおばに送るのを忘れなかった。これは万が一にも彼が不意にプロチェゴヴィーナを去らねばならぬ羽目に陥った場合、しかももう前述のような冒険的やりかたで新生活を築くには年をとりすぎているというような場合に、彼に安全な避難の場所を提供するはずのものであった。また晩年にはそこに隠居して静かに余生を送ることを考えていた。

このような彼の家郷におい立った私は、いわば将来のためにおじが準備している貯《たくわ》えのひとつというわけであった。例の初秋の日の午後私の絵に示したおじの満足もこれで納得がゆく――自分が築いた仕事の後継者としてどうやら私は適任であると見込んだものだろう。結局あの当時はまだローベルトおじにしても、彼の意図が判らなかった私はむろんのことながら、事態の変遷を見抜くことはできなかったのである。

＊　＊　＊　＊　＊

十七歳の時私はフィリップともどもおばのもとを離れ、それいらい一度もこの家をみたことがない。ふたりの出発当時この家は、およそあつかましい、しかも自由奔放な腕で経営されている博物館の相を呈していた。事実リュディアおばはそのころ、月に一度物見高い有象無象《うぞうむぞう》を相手に階級や国籍の区別なしに家中を案内する仕事をはじめていた。入場料はとらなかった。おばはこの仕事を、例の最終決算簿の貸方欄に記載すべき、社会教育への寄与とみなしていたのである。

私はおばがフィリップと別れるのは私との別れと違ってはるかに辛いことだろうと察していた。だがかんじんの生徒がいなくなるのでは、もう彼を引きとめる口実はなにひとつ彼女には残されていなかった。結局は観念のまなこをとじて、去るのを見送るより他に手はなかった。後にフィリップにきいたところでは、本当はおばはあらたに子供をひとり養子にもらうことを考えていたが、彼がこれ以上家庭教師役を勤める気はないと断言したので思い止まったのだぞうだ。フィリップがこのようにいままでの安穏快適な生活を捨てる決心をした動機というのは、私のみるところでは、自分の教師ぶりに——いいかげんでしかもみかけだけは一点非のうちどころもない教師ぶりにいや気がさしたということより、近来とみに魅力減退の一路を辿るリュディアおばからそろそろ自由になりたかったというのが本音のようであった。おばにしてみても彼が真の愛情で自分に接してくれていると心底から信じて安心できたことは、おそらくかつてなかったに違いない。なぜならひとを騙《だま》す方面にかけての彼の才能は具体的なことがらにのみ限られていたのであって、内心の感情を押しかくしてそしらぬ顔をするなどという芸当は彼にはできなかったのである。彼は、いまこそおばとの腐れ縁を最後的に清算する好機とみてとったのであった。

こうしていよいよ別れのときがやってきたが、リュディアおばが最後までふだんに変らぬ態度を保ち続けたことをおばの名誉のために言っておく。おそらくそのときまでにおばはまたおばで、いままでは盲目的な楽天癖で気にもとめずにきたものの、もうこれ以上目立つ関係を続けるのは遠からず年配の婦人の体面を損うことになりかねないと判断したのだろう（後におばのこの判断はふたたび崩されることになるのだが）。

当時の私にはそうした悲劇的事情を正しく理解する力はまだなかったし、もてるはずもなかったが、ただどうしようもないような同情の気持だけは感じていた。だがその気持を私はふり払った。おばと私は結局いちども互いに心を通わせ合った覚えもないし、もうおそすぎるいまごろになっておばの心情に理解を示すような態度はとりたくなかった。また、おばの目にはまだほんの子供としか映っていない私がそんなそぶりをみせようものなら、ただ彼女を恥じいらせるばかりであったろう。しかもおばは私に関してなおざりにしていたことがらにたぶんもう気づいていただろうし、それはいまさら償いのつくことでもなく、そんなことでおばの良心に負担をかける気持は私にはなかった。それに結局のところおばには、なおも蒐集したかずかずの美術骨董類が残されていた。今後はそれらの品物を相手に、熱烈に、とはいかぬまでも、どっちみち変らぬ愛情を注ぐにはことかかなかったのである。

別れに際しておばは私に高価な指輪を餞別《せんべつ》にくれた。古くからの家伝の品らしく、いずれ私たちの先祖に無縁なことだけはまちがいなかったが、おばの説明では私に「福」を呼びよせる指輪であるとのことであった。それは私にさっぱり「福」をもたらさなかったが、そのかわり後日これを売り払って得た金額はゆうに数週間、私のふところの危機《ピンチ》を救ってくれるご利益《りやく》を示した。

＊　＊　＊　＊　＊

私の旅の目的はプロチェゴヴィーナ公国にあった。フィリップはパリにおもむいてここ十年間ほど中断していた美術商いの渡世をふたたび続けるつもりでいた。だが彼は出発前に私の旅立ちの支度を手伝ったり、公国の滞在許可証をはじめ四カ国の通過査証《ヴィザ》、旅行小切手、乗車券等々の世話をして、私が所定の列車に乗りこむまで付き添うように言われていた。彼はこれらすべての役割を、独得の周到さと良心的なやりかたで果してくれた。いよいよ駅に向うときも彼は道すがら、はじめての旅に必要ないくつかの助言をあたえてくれるのを忘れなかった。

「いいかい、乗り合せた連中には自分の方から声をかける。なにかきかれたら思いきり委《くわ》しく、できるだけこまかいことまでしゃべるんだ。連中を黙らせるにはこれが一番だ。もし連中が昔のことをもち出して自慢話でもはじめたら、すかさず君もそれに輪をかけたもち札《ふだ》をならべたてて、むこうのお株を奪っちまうんだ。これではじめて君は安心して坐っておれる。だが君が居睡《いねむ》りでもしようとしたらたいていは検札係がやってきて起されるものと思い給え。君の旅券に手落ちはないし必要な査証《ヴィザ》はそろってる。また税関にひっかかるようなものはなにひとつない。少なくとも君の旅行に関して良心にやましいようなことはひとつもない。それでも君はやはりさまざまな国境役人や税関吏の前に立たされるとなにか罪でも犯したような気持になるだろう。これは君だけでなく、われわれみなが生れつきもっている感情なので逆らうだけむだだ。役人の顔をみるとみな罪人みたいな気持になるものだ――しかも残念ながらわれわれの大半は実際にそうなのだからしようがない。

だから決して、相客のだれかが役人といさかいをはじめてもそれに捲き込まれてはいけない。損するだけのはなしだ。わが身になにごとも起らなかったことを喜んでいればいい」

話がここまで進んだとき、私たちは駅に到着した。汽車はもうホームに入っていた。すぐに空いている車室がみつかり、フィリップが手をかしてくれて私はなかに乗りこんだ。そこで彼は忠告の続きをはじめた。

「さて、これから君と私の道は分れる。もういつ会えるかは判らない。私はいまさら人生に対する恐怖心を君に吹きこむ気持もないし、君が他の同年輩の連中にくらべて特に頼りないなど言うつもりもない。むしろ逆に、おそらく君は私の教育のおかげで、他の古臭い公式通りに仕込まれた連中よりもものに動ずることが少ないだろうと思う。だが万が一にも私の援助が必要なことが起ったら手紙で知らせなさい。君の大型トランクに私の住所を書いた紙が入っている。ある本のなかに挟《はさ》んである。ラブレーの本だが（たぶん『ガルガンチュワとパンタグリュエル物語』全五巻のうちのどれかを指しているのだろう）これを君への餞別として進呈する。汽車が出たらすぐにも読みはじめるのがよいだろう。ここにのっているいろいろな冒険綺談を自分の体験にしてしゃべりまくったらいかなる相客も黙ってしまうことは請け合いだからね」

フィリップは口をとじた。彼が本当に感傷的になっているのが私にも判った。私はなんでもよいから口に出すか尋ねるかして、この気づまりな、ただむなしく向き合っているよりすべのない沈黙を長引かせまいと思って、しようことなしに窓外に目をやった。たまたま数枚のポスターがみえた。どんな駅ででもふしぎに目に入る、例の観光宣伝ポスターのたぐいで、その土地土地の風景を麗々しくかかげてはドイツ領ライン河とか保養地ザンクト・イグナーツ、あるいは北欧とか地中海方面への旅を呼びかけていた。

「ああいうポスターというのは――、どこに行くか決心がつかないで駅まできてもあれをみれば判るようにしてあるんでしょうね？」私はそうフィリップに尋ねてみた。

「そうじゃない」彼は答えた。先刻私にくれた忠告とはあまり縁のない質問であったが彼は気を悪くしたようすもなく、むしろ有難がっているような顔いろであった。

「違うね、たまたま調子のいい旅行から帰ったばかりで今や旅が病みつきになった連中、しかも特にそういう発作から醒めにくいというやつ、そういう連中用だね」

フィリップは万事この調子であった。だれも深く考えてみたこともないような状況に対しても即座《エクス・テンポラ》に、いかにももっともらしい、簡にして要を得た説明をひねり出すのが彼のいつものやりくちであった。これはむろん彼の努力の賜《たまもの》であり積極的に評価されるべきことであった。なぜならそれはつねに、一種の真理の単純化への努力を示しているからである。ここに登場する人物のうち彼だけが、結局は有為転変によって逆にまともになっていった唯一の人間であるという事実もまた、このことを証するものである。

＊　＊　＊　＊

私が乗りこんだのは長距離急行列車であった。つまり途中いくどか他の列車につなぎ直されて――これはいかなる理由によるものか、一見でたらめにみえて実際にはそれなりにもっともな、ただ旅客にはちんぷんかんぷんの根拠があるのだろうが――いずれそのつど小分けに目的地に進んで行くという二輛か三輛つなぎの列車である。

私の興味の中心はさしあたり国境通過の際のお役人連中の活躍ぶりに向けられていた。だがその活躍のしだいが、そのつど寸分たがわぬ同じことのくり返しであると判ってからは興味がなくなった。——濃紺の平服のひとりが相手の紙入れを覗《のぞ》きこむ、次に制服の男が課税品の有無を尋ね、ないと答えるとトランクをかき廻し、こっそりわるさをする猫のような手さばきで底の品までひっくり返して、にこやかに禁制の品を探す。最後に三番目の男がたずさえている大型の名簿に旅券を照合して、スタンプを押す。

それから列車は長い間動かない。機関車がどれでも合うとは限らないらしくときどきそれをためす衝撃が伝わってきて、車外に出ようと思ってもこころが挫《くじ》けてしまう。それでも降りようとしたものは車輛が封鎖されているのに気づくのがふつうである。一同は監禁されている。

汽車が動き出す、だがすぐまた引き返してくる。この機関車も合わなかったのだろうか。そうではない。別のホームに入っている。なにかの手違いでそこに置き残されていた別の二、三輛を連れに戻ったのだ。「エシェデヘテリ——プロスク」と書いた標式をつけている。地方線《ローカル》専用車だろう。みなはしだいにつのりゆく緊張の目で、かなたの胎児のようにちっぽけな機関車が自分よりはるかに図体の大きい車輛をあるホームに引き入れたり、逆の順序でもとのホームまで押し戻したりする光景を見守っている。いっさいはもの音ひとつたてずに進められ、この熟練仕事がまるでこの世で最もかんたんなことのようにみえる。みなはこの車輛編成の操作がどういう方式に基づいているのかを知ろうとする。だがこの方式こそ例の神秘的な「鉄道‐形而上学」の領域に属しているのだ。

こうしてついに汽車は動きだす。しかし遠くは行かない。わずか数キロ走っただけで、どこか別の国に停車する。次に神秘劇の舞台さながらに、頃合いよく前と同じ連中が登場する。顔つきと言葉が違うだけである。相手から現金を捲きあげたげな濃紺の平服の男、下級官吏の制服を着たトランク引っ掻きまわし役――彼はこの国でのもちこみ禁制品を探すだけで、前の国でのもちだし禁止の品が出てきてもみむきもしない。こんなささいなことがらでも他国間の利害は陰険に鋭く対立し合っているといいたいらしい。そして最後に第三の男、旅券にスタンプを押す役目。

だがこのスタンプ役も私にはどうもよく判らない。私たちから旅券を取りあげては大型本なみの名簿《リスト》と照合するのは同じであるが、その名簿《リスト》の内容がはたして前の国でみたものと一致するものなのかどうか知りたいところだ。一般にある国の政府が厄介払いでもしたように胸なでおろして進んで出国を許可する人物とは、隣国の政府にとってもたいていは歓迎すべき客ではあるまい。とするとこの不幸なる人物は国境間にわずかに残された細長い無人地帯を永久に、振子のように往復せねばならぬことになる。妄想といわれるかもしれぬが、事情に通ぜぬばかりにこのような感想をどうしても止め得ないのである。今日にいたるもこの件は私にとってぜん不可解な謎として残されている。

ところで読者はこれを読んで、なんて時代おくれのまぬけな記録だろうと苦笑なさるかもしれない。だが当時はまだ、列車が無人地帯を進行中車室に入ってきて舌をみせろと要求したり、聴診器で形だけの診察を強要したりする、例の国境警察医の職掌というのは——特にやかましい国境でふえている血液や尿の検査は言わずともがな——一般に知られていなかったのである。それが周知のように今日では、より進歩的な国々の国境ではレントゲン撮影さえも当然のこととされている。ただし、目的国の国境で防疫ならびに種々の確認の見地から旅行者に胃洗滌《いせんじょう》をほどこすという噂ばかりは、これまでのところ実行に移されたはなしをきいていない。衛生面ではひとり並ぶもののない高水準に立つアメリカ合衆国がこの法制化に永年努力を傾注しているようであるが、期待通りには運ばれていないらしい。

どうやら筆のすべりを押えたほうがよさそうである。

最初の一日、私の車室に乗り合せたのはシテゴヤ出身と称する干し葡萄《ぶどう》卸しの大商人であった。この男は行くさきざきの国境で、そのつど変る密輸品の調べに対していちいち抗議をくり返していた。しかもその抗議ぶりたるやありとあらゆる芝居もどきの手段を利用して、ズボンポケットを引っぱり出して裏をはたいたり、紙入れを窓から放りなげたり派手に振舞っていたので、私はほどなく、彼がなにか良心にやましいところがあると見当をつけていた。この見当が的を射たものであったことはやがて三つ目の国境で数人の制服の連中が入ってきたときに実証された——この男が尻に敷いていたクッションを切りひらくと金の延べ棒が一本出てきたのである。干し葡萄卸しの大商人はかくて逮捕された。ところが後に車掌からきいたところによると、あの金の延べ棒の持ち主というのは実は利口にも別の車室に坐っていたのであってすでに前の国境で逮捕されている——しかもその男の席の下に私の相客が隠匿した密輸品が発覚したおかげで逮捕されたというのである。そしてその男が、他人の罪まで背負うのはまっぴらだというわけで、せめて自分の分の罪だけにしようと彼を訴えたのであったが、これは当然というものだろう。この地方ではその種の事件は珍しくなかった。いずれにせよ私はただちに切り裂かれた場所に席を移した。次の国境あたりで、まちがっても私の尻の下から金など出てこないよう用心したのである。

＊　＊　＊　＊　＊

汽車が動きはじめる。外はもう暗い。通過地域の風景のたたずまいを眺めようと窓に顔を寄せても薄暗い室内の反射にさえぎられてなにもみえない。私はうとうとと眠りこむ。すると検札係がやってきて私をゆり起し、所定の汽車に乗っているかどうか、いわずもがなのことを尋ねる。

「ピロティーだね」彼はそう言ってもっともらしく切符を眺め、私にうなずく。

「ピロティーです」私ももっともらしくそう答え、同様にうなずき返して、さて眠りのさきを続けるべく外套に顔を埋める。

だがほんのしばらくしてふたたび外套から顔を出してみると、目の前の、以前の私の席に紳士がひとり坐っている。めざめたら私に話しかけようと機会をうかがっていたらしい。

万事休す。紳士はさっそく長途の旅行なのかと尋ねてくる。

「それはですね――」私はひとまずこう答えて、フィリップの注意をこまかく頭によみがえらせる――「私の出発地からここまでの距離を考慮なされてのお尋ねなのかどうかによって答えも変ってきますね。もしそうなら長旅をしているといえます。そうでないとしたら、ここからはもうあとひと息の旅です。ピロティーに行くんですから」

「じゃあ私と一緒ですな。私はプロチェゴヴィーナのものです。プロチェゴヴィーナをご存知ですかな？」

私は首をふって、プロチェゴヴィーナをまだ知らない理田を詳細にまくしたてようと大急ぎで言葉を探す。だが紳士の方がさきに口をひらく。

「美しい国です。また興味ある国です。伝統にみちている。ヨーロッパ文明諸国の指導的地位にある国といえます。セルバン・ヴァシュトーチンについてなにかもうお読みですかな？」

私は首をふる。

「まだですか？　ぜひお読みなさい！　彼の詩は三十一種類の文明語、その他九種の言語、ならびにスイス - ドイツ語に訳されていまず。私どもの国民的詩人であり、あらゆる時代を通じての最大の詩人たちのひとりです。プロチェゴヴィーナのシェイクスピアと謳《うた》われています。あなたはシグムント・ムシュタルについて一万二千行を超える長詩を作っています。あなたはシグムント・ムシュタルのことはよくご存知でしょうな？」

私は首をふる。

「なんですって？　私どもの民族的英雄を知らないですって！　あらゆる時代を超えた最も

偉大な民族的英雄のひとり、十三世紀にほんのひとにぎりの忠実なる同志を率いて、全トルコ軍と戦った英雄ですぞ。彼の策略が成功して敵軍はことごとくクレティニッツァ河で溺れたのです。次に彼は北進してヴォイヴォード、ヴォルヒニアの諸族と戦い、これをことごとく倒して──」

私はあらぬことを考えている。しばらくして気づいてみると紳士の話は、印刷技術の本来の発明者エルコ・サドムキンに移り、マレー群島の真の発見者なるプロチェゴヴィーナの勇敢なる航海者サモヴァン・ポトナクに変っている。エラスムス・フォン・ロッテルダム(一四六六―一五三六。オランダの人文学者)もボエーチウス(四八〇―五二四。ローマの哲学者、政治家)も本来はプロチェゴヴィーナ生れであったようだ。こうしてしだいに私の心には、全ヨーロッパ文化はプロチェゴヴィーナの功績の上に築かれており、私たち大陸住まいの忘恩の徒はかつてその恩に報いたことがないような印象が強まってくる。

「ところでまた、火薬はだれの発明かご存知ですか?」

私は首をふる。

「おそらくベルトルト・シュヴァルツだとお思いでしょう、さあ安心してそうおっしゃい!」

「ベルトルト・シュヴァルツです」彼の要求通り私は答える。

「まっかな嘘だ！」紳士は大声で怒鳴りたてる。「ツノーム──火薬の発明者は、ミルトン・ツノーム、プロチェゴヴィーナの人間ですぞ！　ウラストポール生れの──。であなたはむろんわれわれの民族的画家、アヤクス・マズュルカの偉大なる作品はごらんになったのでしょうな？」

「ええ、おばが本物を二枚もっていますから」私はありのままに答える。

「時代を超えた最大の巨匠のひとりですぞ」紳士は吼《ほ》え続ける。まるでおばが一枚もマズュルカの作品などもっていないように。

「で、あなたはまた……」


この種のお国自慢は私にとってはいまもそうだが、当時もまったく不可解なものでしかなかったので──私にそれを教えてくれたひとがだれかいたろうか？──二、三時間するうちにこのプロチェゴヴィーナの紳士のくどくどしい話が退屈きわまるものになってきた。それで、次に停車した最後の国境で数人の制服の連中が彼の座席を切りひらいて麻薬《ハシシュ》をひと袋引っぱり出したときも、私はフィリップの注意を思い出してそしらぬ顔をしていた。かくてこの相客もまた逮捕された。彼が無実であることはむろん承知していたが、私はできれば残りの旅の時間をひとりで過したかったのである。当然ながら彼は怒り狂い、反抗しながら連れ出された。そのまぎわ、彼は最後の捨てぜりふを私に投げて、子供もてず野垂れ死するがいいとか、悪魔に引っさらわれろとか、そうした意味の希望を表明して去った。

ピロティーに着くとおじの部下がホームに迎えに出ていてくれた。みなから「変人《オリギナール》」とよばれている男で私にはスミルクと名のった。後になってよび名も彼の本当の名前であることをたしかめたが、それが洗礼名なのか家族名なのかは判らずじまいであった。ご本人も知らなかったのである。

スミルクの話では、おじは文部省で重要会議があって残念ながら迎えに出られないとのことであった。そう言いながら濃いひげ面《づら》の一角から突きだしたパイプがわずか横ざまにゆれたのは、彼が満面に笑みをうかべたということらしかった。そして彼は私のトランク類を頭の上や肩にかつぎあげるとさきにたって歩きだした。

ピロティー駅はどうみてもこの国独自の様式らしいものはみあたらぬ建物であった。地方的特色が建築に示される以前の、鉄道駅がはじめて世に現われた当時の、古ぼけた時代色だけが目に映った。スミルクとならんでホールにさしかかるとここにも観光ポスターが貼ってあった

「ドイツのライン河は招く！」

「美しく青きドナウ河へ！」

「白夜のシュピッツベルゲン群島！　夜半の太陽の微笑！」

だが私はさしあたりこの国に滞在することにした。

＊　＊　＊　＊　＊

プロチェゴヴィーナ公国の名がヨーロッパ地図から消滅してすでに二十年を超える歳月が流れているし、今日ではほんの少数の国粋主義的旧プロチェゴヴィーナ人以外、この公国の復活を本気に夢みるものの数は多くないはずである。私の知る限り、前大戦中ロンドンに亡命政府が樹立されて今日なおも活動を続け、毎年一回参集しているとの話であるが、参集していったいなにを審議しているのか正確に知るものはだれもいない。死産児問題あたりが中心議題ではなかろうかと臆測《おくそく》してみたくもなる。だがこの志操堅固なるかたがたの意気を沮喪《そそう》せしめる気持はまったくない。そんなことがどうしてできよう？　次期大戦後世界地図がどう塗り替えられるかだれにも判らぬ以上、このけなげなプロチェゴヴィーナ人たちを今日嘲笑できるものはどこにもいないのである。

ここで読者に、プロチェゴヴィーナ公国についてかんたんに紹介させていただこう――地理的、政治的に変転きわまりないバルカン半島の情勢を思うとき、ヨーロッパのこの地域に通《つう》暁《ぎょう》するのはけだし容易ならざることだからである。またこの国を語るにあたっては、私が人生の最良の時期を過した場所であるという事情に関わりなく、あくまでも客観的態度を保つように努めるつもりである。まさしく事実のみが語られねばならぬときに限って、いともやすやすと郷愁に気をとられ心をさらわれてしまうのが私たちのつねである。しょせん過去は――だれしも覚えがあるように――遠くへだたるほど美しさを増すものだからだ。

プロチェゴヴィーナ公国はバルカン半島のいわゆる五辺接境地区のひとつを占め、ブルガリア、ユーゴスラヴィア、ブラヴァチア、ギリシア、アルバニアの諸国に囲まれて位置していた。自然国境によってこれらの国々とへだてられていたが、一般に自然国境の場合そうであるように、地理条件そのものがすでに不断の軋轢《あつれき》の原因をなしていた。遠くドナウに注ぐブラーヴァ河はその途次まもなく東西に岐《わか》れてクレティニッツァ、プレティニッツァの両河となり、北方でふたたび合流する道程において八百九十二平方キロの平地よりなるメソポタミア風の中洲を形成する。プロチェゴヴィーナはここに位置していた。この国の急進国粋主義者たちが――指導者シュルッチュ大佐の名にちなんでシュルッチストとよばれる一味が――たえず策動を続ける理由もまたここにあった。私の目に映ったままに要約するなら、彼らはクレティニッツァ河以東の土地一帯の合併をもくろみ、そこの住民の系統ならびに頭蓋の形状よりして本来プロチェゴヴィーナに属するべきであると主張していた。当惑したのは隣国ブラヴァチアで、この主張にはむろん同意せず、時おり河をめぐって激越な電信の応酬が交わされていた。ちなみにこの河をブラヴァチア側では「大河」とよび、プロチェゴヴィーナ国粋主義者たちは「小川」と称していた。

また事実クレティニッツァ河が幅広い谿谷《けいこく》を形成している東南地方では問題の流れの位置が数キロもずれることが珍しくなく、そのつどできたり消えたりするひとにぎりの砂洲を両国の軍隊がかわるがわる占領したりして、国境はたえず動揺していた。それでなくともおよそ一人前の国家であるからには、住民の意識を政治的に覚醒させるためにちょっとした緊張発生炉を必要とするものである。「クレティニッツァはプロチェゴヴィーナの小川にして、国境にあらず！」このスローガンは当時実際にあらゆるひとびとの口にのぼっていた。

一方、ブラヴァチアも同様に秘密煽動員を公国に送りこんでいて、この連中の使命とは自分たちの東の騒ぎを西に飛び火させることであった。このため彼らは彼らで別のスローガンをひねり出していた——すなわち「プレティニッツァはプロチェゴヴィーナの川にして国境にあらず！」

このような事態は今日の多くの読者にはまことにややこしいものと映るかもしれぬが、すでに述べたごとく、当時はさまざまの政治的示威《デモンストレーション》運動もまた、まさしく活潑な政治の営みに不可欠な構成要素にすぎなかったのである――。

＊　＊　＊　＊　＊

私はいまさら自分の第二の故郷たるこの国の吟遊詩人として名声を博したいわけではないが――そのような詩人はすでに輩出しており、たとえばヴァシュトーチン（『シグムント・ムシュタル』第二四巻一七二―八八六頁）もそのひとりであるが――それにしてもありていに言って、私はかつてこの国におけるほど、たかだか千平方キロにもみたぬ土地にこれほどの変化に富む多彩な景観が連なり、つどい合うさまをみた覚えがない。ピロティー市近郊には一八四一年の大地震後十九世紀後期ロマン派様式で再建された王城が聳《そび》えていたが、そこの胸壁に立つとほとんど国全体が一望のもとに見渡された。

南方はるかブラーヴァ河の分流点は荒涼たる岩肌をみせて連なる幻想的な山嶺によって視界からかくされていたが、険しい南斜面のあちこちには鍾乳石洞《しょうにゅうせきどう》によりそって正教僧院が点綴《てんてつ》するさまを望むことができた。ちなみにこれらの洞穴では時おり僧侶や牛飼によって曲った鉄片とか花崗石塊《かこうせつかい》などが発見され、歴史的——あるいはものによっては先史時代の——遺物としてピロティー市の国立博物館に保管されてあった。またこの地帯で豊富に採取される鍾乳石はなかんずくこの国の経済にかなりの比重をもつ輸出産業の根幹をなしていた。ここの鍾乳石は周知のように地質学的に珍品であるのみならず、あらゆる方面での彫刻加工材として、上は飾り珠から下は花瓶の製作にいたるまで広く利用されているのである。

山脈の西の一帯はアルプス山麓地方の風趣を備えていた。多くの細流や林に縁どられた緑の牧草地がなだらかな斜面を連ね、あちこちに横縞《よこじま》模様の自然保護区を跡づけながら低く下ってきて広大な谿谷に——例の緊張発生炉地点に達していた。北の方角でも山脈はゆるやかな傾斜で平地につながっていたが、そこにこの国のもうひとつの都市ウラストポール（ザンクト・ブラジエンブルク市）が横たわっていた。

この都市は首都ピロティーには比肩し得ぬまでも重要な意義をもつ街で、中央直属の全権要員、財政委員会、証券取引所、地方自治長官、自治市・参事会、自治・議会常任委員の議席——なんのことか読者が判ってくだされればいいが——、それに加えて農民劇場、罐詰《かんづめ》工場、アルミニウム原料加工工業、織物産業（ウラストポール絨毯《じゆうたん》!）、いくつかの領事館、ドイツの製薬会社、プロチェゴヴィーナ体育協会「フォルコポコイフ」の本部、プロチェゴヴィーナ国立大学、等々の所在地であった。むろんこの大学はかつて国際的レベルに達したことのない名ばかりのもので、当時の私の印象では、一朝ことある場合自然発生的な示威運動を、政治情勢の必要に応じては彼らの力をかりて組織化するためにだけ設けられているとしか思えないしろものであった。

またこの街をとりまく地方一帯は気候が良いことでも有名で、各国の外交官連中もほとんどがここに夏の別荘をかまえ、そのまた大半は冬にもそこを動かなかった。もともと彼らが首都にいなければならぬような用件はめったになかったのである。

ピロティー市のかなた、はるか北よりの方面には広大な放牧地がひろがり、そのあちこちに大きな農家とか水牛の群れ、つるべ井戸、その他草原《プスタ》にふさわしいものはなにもかも揃っていた。首都ピロティーそのものは丘陵状の草原のまんなかに位置していて市街区を一歩出ると羊や牛が平和に草を喰《は》んでいた。この丘陵地を縫って網目のように通ずる小道の縁には野生の唐辛《パプリカ》が緑に生え繁り、杜松《ヴアホルダー》の実が青く光っていた。

まっすぐ北には、クレティニッツァ、プレティニッツァの両河がふたたび合流してブラーヴァ河となるさまが眺められた。合流点には年へたポプラやシデの老樹が森林三角洲《ヴァルトデルタ》を形成していたが、これこそ十八世紀にここを旅したハインリッヒ・ゴットリープ・フォン・ズーザー（架空の人物。十四世紀のドイツの神秘思想家ハインリッヒ・ズーゾーの名をもじったものだろう）がいみじくも「幽邃境《ゆうすいきょう》」と名づけた森であった。

＊　＊　＊　＊　＊

この公国は面積ならびに人口において世界最小国のひとつであり、一九二一年の国勢調査によると四十九万一千八百十一の頭数《あたまかず》をかぞえるにすぎなかった（むろん人間の頭である）。このうちの半数を農民と牧人が占め、残りの半数は輸入業者《インポルトウール》――別の言いかたは遠慮しておく（別の言いかた――たぶん「密輸業者（シュムグラー）」の意であろう）――、軍人、自由業者、文化活動家、数百人の男女僧、さらにいうまでもなく官吏諸君、等から成り立っていた。

公国とはいえ、政体は民主制をとっていた。今日ではいかなる国も民主主義に変っているのでべつだん異とするに当らぬようにみえるが、今世紀初頭の十年、二十年代における民主制君主政体というのはまったく異例であり、進歩的なることを意味した。

一七〇四年から三年間にわたる解放戦争を通じて公国は英国の援助を得て独立に成功し、ブラヴァチアの桎梏《ヨッホ》から自らを解放した（アルプスの「鞍部《ロッホ》」から、ではない）。英国はかねて被圧迫民族に同情的であり、つねに自らの利害を超越してこの種の紛争に進んで救いの手をのべていたのである。この独立を境に二派の王家のあいだに——即ち、クルトシュチンとフェレスク（どうも既製服販売会社あたりにありそうな名前だとフィリップはよく言っていたが）両主家のあいだに政権争いが行われ、十八世紀末にいたるまで流血騒ぎがくり返された。

一七八八年に内戦が勃発し、これを機にヤロスラヴル・クルトシュチン——後のヤロスラヴル一世、別名ヤロスラヴル大王——はフェレスク家の嗣子《しし》に大敗を喫せしめ、のみならず一族ことごとくを滅ぼすことに——それも文字通り根絶せしめることに成功した。これは全バルカン半島の歴史の上に、最も徹底した撲滅の記録のひとつとして残るものである。

これいらいクルトシュチン一族はもはや争うものもない唯一の支配者として、最後のヤロスラヴル六世にいたるまでこの国に君臨した（「ヤロスラヴル」の最後の綴り「ル」はしばしば誤解されるように「……ちゃん」なる愛称として付加されたものではなく、正式の名前である）。

この最後の大公は自分の内閣の首長としてしばらくの期間ロンドンで過していたが、如才なく時勢の移り変りに歩調を合わせて自らをつつましくミスター・クルトシュチンと称し、それらしく振舞ってかなりの大衆の心をともかく征服していた。後に彼は「仮本陣」をチロル地方のフォルデルシュテルツィング近郊に移して、いらいそこに住みついているが、彼と同様の運命を辿ったもと王侯、貴族仲間とジュネーブ湖畔でゴルフ試合を楽しんだり、さもなければ「仮本陣」から狩にでかけたりして日を過している。今日では九十七歳の老齢に達しているがいぜんとして矍鑠《かくしやく》たるものである。

この国の君主は国会の議長を兼ねていた。議会はあらゆる階層から選出された二十八人の議員によって構成され十一を下らぬ種々の政党に分れていたが、その目標とするところは多かれ少なかれ互いに似通っていた――プロチェゴヴィーナの独立、君主政体の保持、ならびにあらゆる正義の国々との友好関係の維持、等々である。「正義」なる概念の内容が党派によって一律でなかったことはいうまでもない。にもかかわらず意見の衝突ということはこの国ではほとんどみられなかった。いわんや農民党の議員連中はときたまひとつふたつ文句をつけたり、口をさしはさんだりはしたものの、もともとなにが問題なのか判るのはまれであったので、結局賛成するのがおちであった。つまり公式国語としてプロチェゴヴィーナ語があるのに知識階級はもっぱらフランス語を用い、国会においてもその通りで、ことに農民党議員の反対をくらいそうな議題の場合、フランス語でだけ論議が行われたのである。農民党議員にはフランス語が判らなかった。

大公一族ならびに、議員二十八人の強力な議会を後《うし》ろ盾《だて》とする一族の意志の民主的代行機関に次いでは、いくつかの重だった名門一族が勢力をもち、閣僚、外交官などのポストを独占してことごとに干渉していた。今日これらの一族は、パリで――その、どえらい貴族の肩書きを利用して――タクシー運転手になっているもの以外は、全世界に四散している。

この国の文化方面での業績については読者はすでに、私が例の紳士と交わした車中での会話からある程度ご存知である。エルコ・サドムキンとセルバン・ヴァシュトーチン――プロチェゴヴィーナのシェイクスピア――についてはもう語るまでもあるまい。周知のように、世界的コロラトゥラ・ソプラノ歌手ドーナニッツァ女史もまた、「プロチェゴヴィーナのナイチンゲール」の異名通りにこの国の出身であった。このようにいちはやく「プロチェゴヴィーナ」産の刻印を打つことにかけては文部省はすばしこかった。つねに国威の宣揚に効果があったのである。ことに音楽の分野では効果はいちじるしく、これは今日まで続いている。プロチェゴヴィーナ国立交響管弦楽団は各地のさまざまの芸術祭の人気者であり、常任指揮者アナトール・シュティグリッツが指揮する古典音楽――その解釈は類例をみないほど独得の場合が多かったが――ならびにプロチェゴヴィーナ狂想曲《ラプソディー》は各地でたっぷり演奏された。後者は例の目的で文部大臣セルゲイ・スロブ自身が作曲したものである。各国各地での活躍シーズン以外にもこの楽団は小編成で、ピロティー市内の「民主主義《デモクラシー》グランド・ホテル」のお茶の時間に演奏していた。

だが国際的文化という立場からみるとき、プロチェゴヴィーナの生んだ最大の息子たるにふさわしいものは、初期バロック時代の画家アヤクス・マズュルカを措《お》いて他にはない。これをみてもおじローベルト・ギスカールがこの国に果した貢献の大きさのほどが知られるのである。

＊　＊　＊　＊　＊

私が公国を訪れたときローベルトおじはもうマズュルカの絵の制作をやめていた。これまでに制作したものは十五点にすぎず、うち七点は小品というべきものであって、これは、かくべつ早死したわけでもないひとりの巨匠の全作品数としては決して妥当なものではなかった。だがローベルトおじ、文部・大蔵両大臣、ブルールムート教授の四人からなる秘密「マズュルカ委員会」は、作品数をこれ以上にはふやさないことに決定していた。その口実にはまず戦争と動乱が挙げられた。即ち、戦争と動乱がその本領を発揮して、プロチェゴヴィーナ公国文化の——いうなれば平和に対する理想的寄与であるこの国の文化の——各種の遺産をも灰燼《かいじん》に帰せしめたというのである。次には、いかなる歴史的あるいは文化史的遺物の源泉といえどもいつかは枯渇する定めにある――いわんや過去のひとりの巨匠の遺作が日の目をみるにいたった源泉地がルドミール正教修道院の地下室であり、十年ちょっと前まではその巨匠の名前さえも知られていなかったというのでは、遺作の数も少ないのが当然である――これが二番目の口実であった。

だがローベルトおじはいぜんとして華やかな、前に劣らぬ恵まれた生活を続けていた。マズユルカ作品の創作者ならびに解説家としての彼の所業はいわば国家公認のものであり、国家の要請にこたえてなされたものである。それに、がんらい存在したことのない画家の名誉が、いかにしても汚《けが》されるはずはない。この点、おじの所業に問題があるとしたら、それはただ良心の立場からのみにすぎなかった。だがいまや彼がふたたび過去の実在の巨匠たちの偽作を開始していたことは――たとえそれがひかえめなもので、一定の目的などもたぬものであったにせよ――マズユルカの場合よりいっそう大胆不敵な試みに再度手を出したことを意味していた。それらの偽作はプロチェゴヴィーナ国立美術館に委譲されたり、妹のリュディアおばのところに家の装飾用に贈られたり、あるいは自ら所蔵して、自宅にかかげている他の絵と交換するのに使われたりした。こうした際に発揮される彼の趣味の良さたるや無類のもので、古典から現代物に及ぶその蒐集《コレクション》には二流品はたえてみあたらず、いわんや真偽が疑わしいものなどは皆無であった。

こういうわけで到着後わずか数週間のうちに、私はローベルト・ギスカールの真相ならびにその作品の本質、特色などをのみこんだばかりでなく、さらにこの偽作専門家の邸宅で、一流絵画作品について大いに目をひらかせられたしだいであった。ここで受けた感銘のおかげで、一生を絵画に捧げようとの私の決心は最終的に確固たるものに変ったのである。

ローベルトの所業の不道徳ぶりをみても、私にははじめからそれに怖気《おじけ》をふるうような気持はなかった。当時の私には、そもそも不道徳とはいかなることなのか納得できるような経験がまだ不足していた（自慢じゃないが今日私はおよそ他に類をみないほどこの種の経験を豊富に重ねたといえる）。それどころか私はある晩、純真にもことかいておじに尋ねたものである――いったいどうして、作品に自分の署名をしないで、自分で創った画家の名前を入れると絵の値段が一挙に上がるのかと――。

おじは深々と安楽椅子にもたれ、例の通り少量のコニャックの入ったナポレオングラスを手にしていた。

「過去の人間の権威って奴は、実際のできのよしあしよりも今日じゃ芸術品の価値に効《き》き目があるんだよ。生きている画家なんてものは、どだいいないようなものだ。そいつが死んだらはじめて注意が向けられる。だが過去の巨匠というのはどこでも大歓迎だ。私はその巨匠のひとりというわけだ」

おじはそれ以上の説明はやめて、やがてまた言葉を続けた。

「むろんいつの時代でもそうであったわけじゃない。ルネサンスやバロックの時代には同時代の画家に制作を依頼するのがふつうだった。一枚でも昔の人間が描いた絵を買おうなどという料簡をおこした君主や芸術保護者《パトロン》などはひとりもいなかったろう。だが時代が変ったのだ。これを無視するのは馬鹿げたことだ。逆らわずに生きるのが上手なやりかたというものさ」

おじの言葉の意味はすぐにのみこめた。私はこの機会にはっきりと私の固い決心を述べようと思った。

「でもやはりぼくは絵描きになるつもりです」

「そんなことだろうと思っていたよ――」おじはほほえんでグラスに目をやった――「もっとも君にはもっと大きな計画を用意してあるがね。まだ君がほんの子供だったころ私が買い取った絵のことは覚えているね、あの絵を私は本物のミリントンの作品ということにして売りに出したのだ」

「どういうひとですか、ミリントンというのは？　本当にいたひとですか？」

「そうとも。十九世紀後半のアメリカの若い天才で二十一歳で死んでいる。このところ世間でいちばん珍重されている「単純派《プリミティーフェン》」のひとりだよ」

この答えはやはり私にはいささかショックだった。「結局、死ななきゃだめなんですね——」

「がっかりすることないわよ」刺繡《ししゅう》枠に向ったままリアーネが口を出した。彼女は年とともにひどく家庭的になっていた——。

「あんたはまだ若いんだもの」この種の親切めかしい彼女の口出しはきまってなんの役にもたたぬ、見当違いのものに限られていて、きくほどに、リアーネがもとスパイまでした凄腕《すごうで》の女だなどとは私には信じられなくなるのであった。彼女の口出しの後はいつもそうなるように、ちょっとの間沈黙が生れた。その幼稚な言葉のひびきが部屋から消えるまで私たちはじっとしていた。

やがておじが口をひらいた。

「ミリントンが気に入らぬようだが、いずれにせよそれで君に金が入るんだ。金が必要な時期はきっとくる。なにしろ君の運命は酢漬けにしんのサンドイッチだからな」

「ぼくはにしんのサンドイッチが好きですよ」私はまたおじのお気に入りの思い出話をくどくどきかされるのはたまらなかったので、そっけなくそう答えた。

「まああちょっと待ちなさい」おじは残りのコニャックを飲み干して言った――「たぶんそのうちに好きでなくなるだろうよ」

おじの邸に滞在中知り合ったひとたちについてくわしく語るのはよそう。次に述べるつもりのビュール氏をのぞいては、この手記の本旨に関わるところのないひとたちだからである。と言ってもこのひとたちの多くが、くわしく記録に留めておきたいほどの風変りな連中であったことはまちがいない。たとえばスミルク――六十六歳のこの「変人《オリギナール》」氏を例にとるなら、おじに心服してその下で働くようになる前には、トルコやオーストリア軍の兵士、ヴェニスのゴンドラ漕ぎ、サロニキの波止場人足、はては最後の海賊の一味にいたるまで、波瀾万丈の生涯を経ていた――恐ろしいご面相の奥に純金のような心を秘め、猫や子供らを愛し、真実信仰深い男であったスミルク。また家政婦のプトロメエア――私のみるところ、老いたりといえども彼女にはなおも、おばの家にあるマズュルカ作「ツァミーラ」像のモデルの面影が残っていた。かの有名な美人像のモデルにえらばれた名誉ある容貌をさらに保ち続けるために、彼女は苦心を重ねていたが、結果は無残なものに終っていた。

またおそらく文部大臣スロブ氏とか、総理大臣でさえ特筆に値する人物たちであった。このふたりは奥方ともどもにおじのところに出入りしていたが、この奥方というのが私にはどうしても見分けがつかなかった。いま思い出してみても――思い出というのはえてしてものごとを単純化してしまうせいか――いっそこのふたりは同一人物であったと言いたいくらいである。

　これにくらべるとハンス・ハミリカル・ビュール氏の方は、人間としてのもち味からいえばほとんどとりえがないといえるほどで、私たちのまわりにいくらでも見出だされるタイプの男であった。にもかかわらずここにいささかなりともこのひとについて紙数を費やすのは、彼のその生得の脇役ぶりが、話の全体をいわば一種の病状として照らし出す役目を果しているからである。この手記がいつかビュール氏の目にふれるときには、どうか彼に対する扱いの多少の手きびしさについてお許しをいただきたいと思う。そもそも私はこの記述にあたっては、真実はあくまでも真実として、たとえだれかの名誉を損うことがあろうと、公正な態度に終始することを眼目としているのである。

＊　＊　＊　＊

　かつてズーダーマン商会のザフト・ヴュルストヒェン（一種の小型ソーセージ。ちなみに「ズーダーマン商会」とは、十九世紀末から二十世紀初頭にかけてハウプトマンと並び称された自然主義作家、ヘルマン・ズーダーマン（一八五七―一九二八）をもじったもの）が中部ヨーロッパの食通仲間に大いにもてはやされた時期があったが、当時いかなるカクテル・パーティもこのささやかな珍味が欠けては時代おくれの味がしたと言っても過言ではあるまい。

ここまで世評をかち得たことについては、品質のたしかさとかおのずと舌にとろけるような口あたりの良さもさることながら、新聞雑誌を利しての卓抜な宣伝文句の威力が大きくものを言っており、むしろそのおかげでこの一介の小型栄養食品がぬけぬけと、一躍風味極上の佳肴《かこう》にのし上ったものともいえた。そしてこの宣伝文句の作者こそほかならぬ詩人、ハンス・ハミリカル・ビュール氏であった。むろん彼は匿名で自作の文章の後ろに姿を隠していた。この種の「文学作品」では著者の名前は伏せられるのがふつうであり、かりにそうでないとしても、ビュール氏としては自分の名が小型ソーセージと抱き合せに世にひろまるくらいならむしろ盲になる方を選んだろう。

ともかくビュール氏は抒情詩人であり、ズーダーマン・ザフト・ヴュルストヒェンの一件は、博士《ドクター》になりたての彼が——自作の詩がその価値にふさわしい売れ行きをみせなかったところから——いわば切羽《せっぱ》詰って手を出した飯の種にすぎなかった。ちなみに彼の博士論文《ドクターアルバイト》は詩人リルケの営みにみられるある特定の付随現象の研究であって、わずかながら専門家仲間の注目をひいていた。

ところがある日このズーダーマン・小型ソーセージが市場から姿を消したのである。私たちの生活習慣の俗化のためにこの愛らしい珍味が犠牲になったものか、あるいは商会主カール－ヘルマン兄弟の手落ちで倒産に追いこまれたものか、それはどうでもよい。いずれにせよビュール氏は職にあぶれた学者《アカデミカー》になりさがったわけで、この崇高な天職をもってしても情勢を糊《こ》塗《と》するわけにはいかなくなった。そこで彼は移住を決意し、かねてプロチェゴヴィーナ公国が中部ヨーロッパ的生活文化水準をめざして努力を重ねていることをきき及んでいたところから、その計画達成に彼なりに貢献しようとプロチェゴヴィーナにやってきた。ここで彼は批評家、というよりは芸術評論家になりすました。もともと彼の才能とは各種芸術に関する一面的見解を朦朧《もうろう》たる美辞麗句で飾りたてることにあったから、この職は自信たっぷりというところであった。

こういうしだいで彼はある日、当時あたかも首都の文化センターの観を呈していたおじの家にも姿を現わした。そしてそれ以後というもの、おじには葉巻き、リアーネにはカーネーション、後には私にまで芝居や音楽会の切符と手みやげもおさおさ怠りなく、いよいよ大手を振って出入りしていた。彼は中食には勝手に招待客となって加わり、訪問日《ジュール・フィクス》にはだれかしら若い友人を連れてきて、それもここの食卓ではじめてナイフやフォークの作法を身につけるような手合いが多かったが、ともかくこういう調子で彼はある日ついにリアーネを説得して自分のための作品朗読会をひらかせるところまで漕ぎつけた。この会で彼は自作の詩をいくつか朗読したが、テーマはいずれも、有為転変の自然の相に対する雑駁《ざつぱく》な主観的感懐の吐露といったようなものであったと覚えている。

そんな彼に対してローベルトおじは内心うんざりしながらもあい変らず愛想よくつきあっていた。大人物というのが概してそうであるように、このおじも嫌悪をはっきり表面に出したり、あっさり脛《すね》の蠅《はえ》でも払うように崇拝者顔したわずらわしい取り巻き連を追っ払うというような芸当が苦手であった。そしてまたビュール氏型《タイプ》の手合いというのはえてしてあつかましいのが多いもので、ときにひとにうとまれているとも知らず平気で長居を重ねたり、くどくどと神経にさわるほど喋《しゃべ》りたてるものである。大人物の陰にかくれて彼らが一人前の顔をしていられるのは、ひとえにこの人物たちが彼らの存在など気にもとめないほど太っ腹なせいなのだが、そうしたことはまちがっても考えてもみない連中が多い。

私がビュール氏と知り合ったころ彼はまだ三十を越えたばかりで、可愛らしいといってよいほどの小男であったが、残念ながら肥りすぎの気配がもうだれの目にもつくところまでいっていた。手足のつくりも小さく、額は毛が抜けているため多少出っ張り気味で、そのかわりのように後頭部に長めの髪が生えていた。彼はいつも二、三人のまだ青臭い若者をまわりに侍《はべ》らせていた。どこから引っ張ってきたのかは知らないが、噂では彼はこの連中に詩を作らせて、できの良いのはさっそく自身の作として発表するそうであった。たしかにそれもあったろうが、だがこの若者たちの役目がたんに抒情詩の領域のみに留まっていたとは私には信じ難い。彼は例のいかがわしい趣味の持ち主であった。このような趣味は大人物にあってはときとして創造的霊感の不滅の源泉ともなり、ときには一歩進んで彼らに一種独得の光彩を添えてきたものであるが、相手がビュール氏ではたんにお下劣というだけである。

知らぬが仏で、ひょっとしたら私も彼のお供に志願していたかもしれない。彼らは互いにまことによく似ていたが、人数や顔ぶれはたえず変っていた。だが私はとうとうはまりこまずにすんだ。たぶん私が、彼の頼みの綱であるローベルトおじの親戚であったおかげだと思うが、ともかく当時私はなにひとつそんな危険が迫っているとは気づかずに過した。いま思うと、たとえば凍ったボーデン湖を知らずに渡った物語の騎手のように、顧みて空恐ろしい思いを禁じ得ないのである(グスタフ・シュヴァープ(一七九二―一八五〇)のバラードに唄われている有名な物語。ボーデン湖は西ヨーロッパでジュネーブ湖に次ぐ大きな湖でドイツ、オーストリア、スイスの三国にまたがっている)。

プロチェゴヴィーナ公国におけるビュール氏の境涯はある音楽会の催しを機に唐突な破局を

迎えるのであるが、当日のプログラムは次のようなものであった。

ウェーバー「オイリアンテ・序曲」。ベートーヴェン「ああ不実なる者よ」──演奏会用《コンチェルト》アリア──アデライデ・ドーナニッツァ女史（プロチェゴヴィーナのナイチンゲール）。ベートーヴェン「第五交響曲・ハ短調」。セルゲイ・スロブ「プロチェゴヴィーナ狂想曲《ラプソディー》」。

右のプログラムからもお判りのようにこの音楽会はシーズンの最後を飾る定期演奏会で、いつものように私はビュール氏から私の分の切符をもらっていた。批評が商売であるのに、もうかなり前から彼は当の演奏会にはでかけない習慣になっていた。通例の演奏会であればプログラムの内容はもちろん、独唱者《ソリスト》のもち味にしても「プロチェゴヴィーナのナイチンゲール」とあればもう判りきっていたし（彼女の高い変ロ音は当時すでに根っから安定を欠いていた）、指揮ぶりにしてもアナトール・シュティグリッツならばきくまでもなかったのである（消息通の話ではこの指揮者にはいずれ「プロチェゴヴィーナのニキシュ」（アルトゥール・ニキシュ、一八五五─一九二二。二十世紀初頭の著名な指揮者）なる称号が贈られるはずであったが、いかなる理由からかついに実現には至らず、ために彼は数年後に憤死した）。

ところでビュール氏は種々の批評原稿を、当の催しがひらかれる前に、たとえば朝方ベッドのなかでとか喫茶店《カフェー》「自由《リベルテ》」あたりで書きあげるのがふつうで、ときには例の取り巻き連のひとりに――その若者が芸術批評商売に色気を示している場合には――代筆させたりもした。だがまたたいがいの論旨はあらかじめ文章に作られて新聞社に用意されてあり、その方面にくわしい専門の印刷工の手で整理分類されてあった。この在庫原稿《ストック》にまとめて目を通したり、多少常套化したような言い廻しに新鮮な感覚を吹きこんだりするために彼はちょいちょい編集局に顔を出したが、そのおりにはこの印刷工に心付《チップ》けをはずむのを忘れなかった。

むろんいままでにいくどかは、ある演物《だしもの》が俳優の急病などのせいで入れ替ったり音楽会プログラムの一部に変更があったりで、翌朝新聞評をみた馬鹿正直な読者がけげん面《づら》をするようなことはあった。だがいまだかつて読者からも編集者からも苦情らしいものを面とむかってもちこまれたことはなかったので、その程度のささいな過ちは大目にみてもらえるものと、いや第一自分の論説に関心を寄せるものの数などしれたものだろうと高をくくっていた。

ときあたかも非情な運命は彼を待ちうけていた。前述の音楽会の日の午後、まだ演奏がはじまる前に文部大臣セルゲイ・スロブ氏が急逝したのである。くわしくは忘れたが、ともかく高齢によるものであった。当然このような事態にふさわしいものをというわけで、「第五交響曲」のかわりに同じベートーヴェンの「第三交響曲」――有名な葬送行進曲を含む「英雄《エロイカ》」が演奏された。翌朝ビュール氏は半旗のはためきに睡《ねむ》りをさまされ寝呆《ねぼ》けまなこでプロチェゴヴィーナ日報を手にしたところ、まっさきに文部大臣の死亡、弔意を表しての「英雄《エロイカ》」演奏の記事が目にとびこんできた。続いて彼の論評文が——アナトール・シュティグリッツの「第五交響曲」のスケルツォは緩慢すぎる——などとおよそ無関係なたわごとをならべたてていた。彼はただちに編集局に電話してせめて文章の種類だけでもどうしてとりかえなかったのか、「英雄《エロイカ》」評はどこにあるかくらい知っているはずだと厳重に抗議した。だがすでにおそすぎた。彼の音楽評の読者たちが——そういう連中がいたとしてのはなしだが——かつて問題にしなかったことが、世に無数に存在する政治崇拝者どもを立腹させたのである。ともかくスロブ氏はプロチエゴヴィーナ文化に貢献した「偉大なる老人《グランド・オールドマン》」なのであった。

一般の予想通りローベルトおじが文部大臣に任命され、他の仕事にさきがけて彼はまずビュール氏をその地位から追い払った。故スロブ氏にかわって恨みをはらすというのが口実であったが、私のみるところ、これを機に自分でも厄介払いをしたというのが本音のようだ。

こうして憐れにもビュール氏は、かねがね期待していたおじの入閣が実現されたとたんにプロチエゴヴィーナを去って、どこか他の国で新しい身の振りかたを考えねばならなくなった。そして後にお判りのように、彼はそれに成功したのである。

おじの家庭環境がそもそも私の計画にぐあいよく一致するものでないことははじめから判っていた。ただざまざまの絵画の研究にはつごうが良かったし、おりにふれ画法に関しておじの言葉もきけるということでこの環境に甘んじていたにすぎない。事実、おじは時間のつごうがつく限りは自分からすすんで根気よく私に教えてくれたし、ときには二、三週間にもわたって系統立てて講義をしてくれたりして、おかげで長足の進歩をとげたこともあった。だが彼が大臣に就任してからはもうそうした期待はもてなくなったので私は邸から離れる決心をし、どこかこの国の南の地方に土地を求めて、もうだれにもわずらわされず、いかなる誘惑の手も届かぬところで自分の仕事に打ちこもうと覚悟をきめた。

＊　＊　＊　＊

夏も終りのころであったがひどく暑い日が続き、土地の古老たちの話でもこれほど暑い夏はかつて生涯に覚えがないということであった。もっとも古老たちの口にかかるとどんな季節も「かつて覚えがない」気象的特異性をもつことになるが、これはいうまでもなく彼らの記憶能力の減退である。

南にさがるにつれて観光宣伝の勢いもはげしくなった。うかつに乗ぜられまいとはじめは私も心を引きしめていたが、たまたま観光バスを――まさにこの「現代の乗物」を――乗りまちがえて、マズュルカの生家の傍《そば》まできたので、興味を覚えて人波の流れに従ってついて行った。そしてそこに公示されているものをとっくり見物した。この観光名所創設の由来については私もくわしくきいていたし、できばえのほどを自分の目でたしかめてみたかったのである。

マズュルカの生家なるものはかなり古びた一軒の農家であったが、むろんでたらめにきめられたものではなく、選定にあたっては細心の配慮が払われていた。まず場所がらは浪漫的《ロマンチツク》そのもので、時代の浸蝕を受けた建物はあたかも一幅の名画の観を呈していた。もともとは百年近くも代々住みついている一族の持ち家で、白羽の矢が立てられた当時は農民夫婦に五人の子供、牝牛が二頭――この地方では牛は純然たる家族の一員でときには人間よりも大切に扱われるのである――、つごう九の頭数《あたまかず》の家族が住んでいたのであるが、かなりの額の譲渡金が手渡され、北の地方に新たな地所屋敷をあたえられていまはそちらに住んでいた。彼らは先祖伝来の土地に強く執着するのでもなく、あたえられた交換条件に満足して暮していた。むろんこの家族にはことの真の目的は秘密にされ、あるいは彼らにはちんぷんかんぷんの衛生管理上の理由などが押しつけられたものと思われるが、がんらいあれこれ気に病んだり、しつこく尋ねたりするのは素朴なプロチェゴヴィーナ人の流儀にはないものである。

入ってすぐのところには巨匠の生誕の間とかあちこちの石壁に跡を留めている種々の家畜の絵などが観覧に供されていたが、残念ながら保存状態は良好とはいえなかった。ともかくこの家にはきのこが生えていた（計画的に生やしたものなら話は別であるが――）。

ここから観光客の流れはひとまず例の鍾乳洞に導かれて、さらに曲りくねった通路をわずかばかり登り――望みとあれば五十ズリニー払ってラマに乗って行くこともできたが――ルドミール正教修道院に達する仕組になっていた。この修道院がそれなりに展示している種々の拝観物もさることながら、ここでの呼び物は巨匠マズュルカが息を引きとるまで隠棲していた仕事部屋であった。まず粗末な木の寝台が痛々しく人目を射た。ここで巨匠は自らの使命を果し得ぬ不安に責めさいなまれ、齢とともに眠りの時間すらしだいに縮めて、ついに最後のいく週かは遺作「半獣神《サテユロス》と若者達《エフエーベン》」の完成をうながす内心の声に従って一睡だにせず画筆をとり続けたのであった。

死は辛抱強くこの絵の完成を待ち続けた末に、ついに最後の仕上げの一筆が置かれると同時に巨匠の手から画筆を奪った。この筆は他のさまざまの画具や二、三の銀尖筆スケッチと一緒にガラス戸棚に陳列されていた。またこの部屋には死のまぎわにいたって民族的英雄シグムント・ムシュタルの幻影が現われたり、トルコの皇帝《サルタン》の後宮《ハレム》にふたたび彼を呼び戻そうとする誘惑者が夢枕に立ったりしていた。その誘惑者に対して巨匠は敢然《かんぜん》とテレピン油の小びんを投げつけたのであるが、壁にはなおもこの大活劇の名残りが色褪《あ》せた汚点《しみ》になって残っていた。

道順はさらに下って、巨匠の絵が発見された地下室に通じていた。迫害時代に造られたとのことであるが、いかなる種類の迫害であったかは記憶にない。十一世紀ビザンチン様式の円形アーチはいずれもカジミルッチ・スロヴァッチが自ら九回にわたってヴァラハイより運びきたったものである。また二、三冊のコプト語の聖書（一八二二年チュービンゲン、ネーベルシャッツ商会印刷）や、ガーブロンツ・ガラス製品類、何枚かのウラストポール絨毯などがそこにみられた。絨毯は売り物で一枚四千五百ズリニーである。ここから道は、十三世紀の昔フィドシゥス神父じきじきの労と修道士数人の汗の賜物である階段室を通り抜けてさらに段（十二世紀前半作）を下り、突きあたりは記念土産店になっていて、売り場には修道院や階段室の模型とかマズュルカの胸像をかたどった鍾乳石製の卓上ランプなどが並べられていた。絵葉書はいずれも老巨匠と幻想のとり合せばかりで、シグムント・ムシュタルが騎馬姿も凛々《りり》しく傍に姿を現わし、さながらバルトロメーオ・コレオーニ（十五世紀のヴェニスの傭兵隊長。イタリア・ルネサンスの彫刻家ヴェロッキォの手になる有名なブロンズの騎馬像がある）像を思わしめた。

そこから眩《まぶ》しい日光のなかに連れ戻されると写真屋が群がってきて、それでなくてもあつかましい観光客たちに八十ズリニーで正教修道僧や修道尼の装束を着せてさかんにシャッターを切った。私が知っているのはそこまでである。ここで私は逃げだしたのである。

＊　＊　＊　＊

数日間この地方を歩きまわったあげく、私ははるか東南方のはずれに夢に描いた安息地をみいだした。ブナの老樹の陰にかくれて緑濃い斜面に立っている一軒の農家がそれであった。二、三百メートル先はブラヴァチアとの国境になっていて、平たい河原石がクレティニッツァの河床の所在を示していたが、夏には往々にして河全体がこのように乾上ってしまうのである。対岸はかなりの急勾配でそのままブラヴァチア・シュロフシュタイン山脈にまで高まり、夕暮になると峨々《がが》たる山頂の連なりが無気味に視界をさえぎっていた。

私の世話をしてくれたのは、ミランという四十年配のひとの好い農夫であった。十年以上も前に女房に駆け落ちされていらい、暖かい時期になれば姿を現わすふたり連れの男女に空《あ》いたひと部屋を貸して生活していた。国境まじかの場所がらも天然自然の欲望を引き止めるわけにはいかなかったらしい。おまけに私が部屋をかりてほんの数日後に彼の女房が戻ってきた。だがこの話は、くわしい事情も知らないことだしまた別の機会にゆずろう。ともかく私はぶじに部屋を手に入れた。女房との再会の宴はまことねんごろに営まれたがむろんひと間でこと足りたのである。しかもますます具合が良かったことには、農夫ミランは私がてっきり超自然的能力を備えた予言者で、女房を呼び戻してくれたものと思いこんで、崇《あが》め奉りはじめたのである。人界に天下《あまくだ》った福の神というわけであった。

ここで過した月日のなつかしさ——過去に対して私なりに抱く独得な郷愁の念の一番本質的な部分はつねにこれらの月日に集中している。不断に転変する自然の相というものをこの時期ほどおだやかな心情の歓びをもって、これほどの心の高まりをもって逐一追求したことは私にはかつてなかった。リュディアおばのもとで過した幼年時代には、私はまだ自然を意識的に体験するには若すぎた。そして現在の侘《わび》住まいといえばわれながら諦め切った自発的流刑者のようなもので、もはや心の歓びはないのである。

だが当時の私の自然体験を述べたてることは、たぶん、この種の文学領域に関して私よりも適当な、私が望んでも及ばぬ素質をおもちのかたがたに対する愚弄ととられかねまい。なぜならこの自然体験は、一般にある芸術家に期待されるものとはまったく正反対の結果を私にもたらしたのである。創造の営みの完璧性を再現しようと意図するのは当時の私には——現在でもそうだが——不遜《ふそん》のことのように思われた。こうして私が描きはじめたのは対象のないものであり、自然とはおよそ縁もゆかりもないもののようにみえた。「ようにみえた」などとあいまいな言いかたをするのは、私たちの内的な営みの真相を把握し得るものはきわめてまれだからであり、この点でも私自身かつて努力をしてみた覚えがないからである。

私は、午前中は部屋にとじこもり深い確信をもって絵にたち向った。この確信は昼食が終るや崩れてきて午後に入ると自身の芸術表現能力に関して絶望的な心情に陥るのがつねであり、この状態はほぼ四時ごろにその頂点に達した。すると私は浪漫《ロマン》派文学の悲劇の主人公もどきに戸外にとび出して、野といわず畑の刈り跡といわず一時間ほど歩きまわっておもむろに心が平静に復するのを待った。そんなとき私は自分自身に向って――およそ大げさな――慰めの言葉をつぶやいていた――「偉大な巨匠たちに比すればこの身は一匹の虫けらも同然であるが、少なくとも私は、自らの能力の限界を知らず妄想にふける種類の人間ではない」と。

夕暮が近づくと私はクレティニッツァ河のほとりに腰を下ろして水涸《か》れた白い河原のかなたにひろがるユーカリの森を眺め、さらに目をあげて、日没の空にいく重《え》にも幻想的な舞台の書き割りめいた輪郭を浮き出しているブラヴァチア・シュロフシュタイン山脈の姿を仰ぎみた。

それから私は家路についた。

こうして季節は移り、最後の刈り入れも終った牧草地にこおろぎや蛙やありとあらゆる夏の名残りのもの音がひびいて四辺の静寂を深めている夜、あるいはまた雷雨の到来をつげる一陣のなま温《ぬる》い風が散り敷いた落葉を中庭に舞い上らせ、ほどなくゆるやかに落ちくる最初の雨滴の音を耳にしながら窓越しに朧《おぼろ》に透けてみえる暗闇に目をこらすとき、この私にも迫り寄ってくるある感情があった——あえて言えば、もう一歩でひとつの悟りに到達できそうな、ちょうど覚えたての異国語の綴《つづ》りのように、それがもう口から出かかっているような気持に似ていた。そして私は遠からず傑作をものし得る確信にみたされて睡りについたのである。

＊　＊　＊　＊

ある日描きかけの絵を前にして坐っていると家のすぐ近くで一発の銃声が起った。はじめはミランが兎狩りでもしているのかと思ったがほどなくさらに二発銃声がきこえて、窓越しにブラヴァチアの兵隊がふたり中庭を駈けてくる姿がみえた。どうやら私はいわゆる越境事件の目撃者であり、しかも足音が階段にまで迫ったところをみると、その事件の犠牲者にもされかねない危険な状態にあった。

間をおかずふたりの兵隊が私の部屋に踏みこんできた。ひとりはなみの兵卒で、もうひとりは曹長か大尉かいずれ多少上の肩書きらしかったが、容赦《ようしゃ》ない気構えをみせて、ここはブラヴァチアの領土であるから即刻立ち退くよう私に申し渡した。まねごとではない彼らの威嚇《いかく》的な表情をみて私は釈明を諦めた。第一どう釈明したらよいか見当がつかなかったのである。私は立ちあがった。瞬間ひとりの目が――例の尉官か下士官の目が私の絵に注がれた。そしてこれが私の身の破滅のもとになった。

教養の低い階層出身者には近代芸術は無縁であるというのが一般の定説であるが、これはどうやら誤りである。まったくその正反対である。たとえなにが描かれているか見当がつかなくとも、そこにあるさまざまの形体《フォルム》の戯れや色彩の調和そのものに喜びを覚えるのは、かえってこれらのひとたちに多い。このことは原則的にはブラヴァチアの兵隊のばあいでも例外ではあるまい。だがこのふたりはよもや軍事的職務遂行の途次に芸術にでくわすなどとは予想もしなかったに違いない。私の絵は彼らの目におよそ突拍子もないものに映ったのである。この絵を彼らが、なにか秘密の暗号の鍵を用いて解読すべきプロチェゴヴィーナ国境地帯の秘密地図だと思いこみ、しかもその地帯が彼らにとってはブラヴァチア領に属するものであるところから、私の芸術活動をあやしげなスパイ行為とみなしたのは――この実直な軍人たちのために弁護しておくが――なんら異とするにあたらぬことであった。

彼らはこの未完の絵を――ひょっとしたらこれこそ私の生涯の傑作となったのかもしれぬ作

品を押収《おうしゅう》して私を連れ出した。せめて彼らに、絵筆なりとも洗いたい、さもなければこびりついた絵具が乾いて使用不能になるむねを申したてたかったが、この種の専門的説明をブラヴァチア語でするのは容易ではなかったし、また彼らのようすからしても満足にプロチェゴヴィーナ語を解しそうにもみえなかったので、これも私は諦めた。

彼らに連れられて私はクレティニッツァ河に降りて行った。ここ数日来の雨で河はふたたび幅広い流れをなしていた。そこでふたりは靴を脱ぎ、ズボンの裾《すそ》を高々とたくしあげて——靴下はブラヴァチア兵士の装備のうちに入っていないのかそのままにして——私にも同様にするよう命じた。私はそれに従い、こうして一行は浅瀬を渡って対岸についた。そこはもう、シュルッチュ党員の逆宣伝にもかかわらず、つねづねブラヴァチア領として私も見馴れていた領域であった。

私は岸辺からほど遠からぬ一軒の小さな丸太小屋に監禁された。まるで私の背格好に合わせて造られたような大きさも手頃の小屋で、壊して逃げようにも堅固さの方もまた手頃といったようすであった。そしてこれが、このたびの喜劇のブラヴァチア側のひと幕の終りであった。さだかならぬ身の行く末を案じてさまざまの思いにふけっていると、四時間後、外に数発の銃声がきこえた。続いて扉が叩き壊されるとふたりのプロチェゴヴィーナの兵士が姿を現わし、居丈高《いたけだか》にここはプロチェゴヴィーナ領であるから即刻立ち退くように命じた。

私はここぞとばかり彼らに向って、プロチェゴヴィーナ領とはつまり私の国であるからここにいるのは正当である、だがむろん向う岸のもっと安全な土地に移りたい気持をもっていることを説明してみたが無駄であった。どうやら私はあらゆる兵士たちから敵とみられるように定められているらしく、よほどのことがない限りこの運命には逆らえないらしい。さすがの私もこのときだけは、わずかなりとも兵士にもひと目で判るような例の公的権威という奴が欲しかった。

逮捕の原因ともなった例の絵がすでに私の手もとになかったというのも、かの運命のなせる業《わざ》に違いなかった。この、いわば身分証明さえあれば、活用しだいではふたりのプロチェゴヴィーナ兵士をあざむいて、国境地帯の秘密地図をここで——画布に油絵具で——作製していたかどで私をブラヴァチア側のスパイとして逮捕させ、プロチェゴヴィーナ領地に護送させることができたかもしれないのである。おまけに河を渡って逃亡しようにも岸辺には巡察兵《パトロール》が監視を続けていたし、苦労して占領した地域を数日やそこいらではみすみす立ち退きそうにもない気配であった。

こうなるともう私には、つい先刻まで敵の領土であった未知の地域を奥深く分け入る以外すべはなかった。私はそれを敢行した。はじめは心が重かった。だが旅を重ねるほどに気分はしだいに軽くなった。なんといっても徒歩旅行は私の趣味であるし、特にこのたびはわずらわしいものひとつ身につけず、どこに行こうが他人に関係なしの気楽な旅であった。

この事件いらいくり返し自問を重ねたことであるが、かりにこの私が風説のなかでひとりの殉教者に祭り上げられていなかったなら、私の作品に対する批評家たちの熱狂的な讃辞もかなり違ったものになったのではなかろうか。たしかに現在の情況からして「死は成功への第一歩」というローベルトおじの意見が正しかったことは私も充分に認めるものであるが、それにしても、そのために政治的権勢欲の犠牲にまでならねばならなかったものかどうか、どうも釈然としない。そうらしい気もするし、フィリップもまた——博識家で私の絵を高く評価している彼もまた、同じみかたをしている。

つまり画家としての私の成功は少なくとも才能と同程度に例の風評のおかげをこうむっているのである。もし私に芸術家の名誉心が残されていたなら、また、風評のご当人である画家アントン・フェルハーゲンがほかならぬこの私と同一人物でなかったとしたら、こうした事情は——いうまでもなく私を深刻に悩ませたことだろう。

自分の運命に生じた突拍子もない変化について私がはじめて納得がいったのは、ずっと後にザンクト・イグナーツの町で、中立国のさまざまの古新聞を読み返したときである。その時まで私は損得勘定ばかり頭において、ことのいきさつをあまりにも自分勝手に考えるだけで満足していたのであった。

＊　＊　＊　＊　＊

例のミランが、ブラヴァチア兵に連行されて河に降り行く私の姿をかくれてみていたのであった。向う岸でてっきり射殺されるものと思いこんだ彼は、もよりの駐屯部隊本部にそれを事実として報告した。そこで本部はさらに伝令をとばして二時間後にはプロチェゴヴィーナ軍司令部が、はじめて隣国の侵攻を知ったシュルッチュ大佐の指揮のもとに、虐殺に報復すべく、しかもこれを機にブラヴァチア領の一角を――こんどこそはかなり広大な敵領土の一角を占領すべく行動を開始したのである。かくてプロチェゴヴィーナ軍はクレティニッツァ河を渡り、そして、この騒ぎの張本人である私を――みごと復讐をなしとげてくれるかわりに――奥地へと追い払ったわけであった。

この間プロチェゴヴィーナの新聞はまたそれなりの職分をつくして、私をブラヴァチアの領土拡張欲の犠牲者として、伝説の主人公に祭り上げていた。ウラストポール市では学生たちが熱狂的な示威行進《デモ》をくりひろげ、教室に復帰させるのについには警察の手までかりるほどの騒ぎであった。小学生たちは私を讃美する詩を覚えこんだ。それによるとこの私はクレティニッツァ河の岸辺に坐り、不当なる祖国の境界線を眺めて深い憂愁に沈みながら生涯最後の日々を過した、プロチェゴヴィーナの若き英雄というしだいであった。プロチェゴヴィーナ人にされている点では、他の偉大なる人物諸公と同様であった。このことはある詳細な自叙伝によって一般に知られていたが、その自叙伝なるものもたぶん文部大臣であるおじの発案によるものに違いなく、「プロチェゴヴィーナ・ガゼッタ」紙上に連載されたのであった。さらにこの記事はギーゼレル・フェールヴァルトの実話物語「絵筆と剣を手に」の材料にも利用されて、さまざまのまことしやかな証拠写真まで添えて、中部ヨーロッパの各種の絵入り新聞・雑誌などに掲載されていたのである。

首都ピロティーではおじの肝煎《きもい》りで私の遺作の記念展覧会が開催され、併せてブルールムート氏が私の芸術の本質について簡にして要を得た――のみならず後にたしかめたところでは、まことに上出来の――パンフレットを著わしていた。作品は残らず買い手がつき、しかもご本人がかつて夢想もしなかったほどの高値で売れたのである。

さらにまた観光地の範囲がひろげられてかつて故人の愛した地方にまで及び、仕事部屋が一般の観覧に供された。室内はすべて私が連行された当時のままに保たれ、画架も絵筆もそのままの姿で置かれていたが、油絵具だけは乾涸《ひから》びて固まっていた。憐れなミラン、わずか一年にもみたぬつきあいながら私の友であったミラン――私を迎えてくれた日のことをどんなにか君は呪っていることだろう！

＊　＊　＊　＊　＊

一方そんなこととは露知らず、ブラヴァチアの首都スロヴツォグラードにやってきた私は、「自由大通り」と「十月二十八日並木通り」の町角に御輿《みこし》を据えて、舗石に華麗な落陽風景画を描いていた。

最初この商売はうまくいかなかった。足を留める通行人はいてもたいていはお説教を垂れるだけで、私はまだ若いのだからひとさまの親切などあてにしないでぜひ兵役を志願すべきだとか、かりにもこの国にプロチェゴヴィーナ軍が襲来していっさい滅亡の事態が起るならそれはこの私の責任だとか、ごたごた並べたてるのであった。そんな事態を想像するのは私には馬鹿げたことにみえた。だが尚武の気性をもって鳴りひびくブラヴァチアのひとびとが、まじめにそれを信じていたのである。私は上衣の左袖を切り取り、腕を背中にくりつけてみた。するとはじめて私の絵は金になった（これはいままで述べてきたことがらに符節を合わせる興味深い現象である——つまり、舗道画家の作品もまた芸術とは無関係の種々の動機によって価がきめられるのである。成功を左右するのは絵の才能ではなく、同情を喚起する能力である。むろん、だからといって私の絵が日を追うて成熟と緊密さの度合いを深めなかったわけでは決してない）。

路上に坐っていたこの数カ月を顧みると私はまんざらでもない気持になる。およそいっさいの責任や義務から解放され、着のみ着のまま余計なものはなにひとつなく、指にはおばの指輪をはめて、しかもポケットにはブラヴァチアのペンゲー貨幣が（当時のハンガリー・ペンゲー貨の約三分の一の価に相当したが）みるみるずっしり貯《たま》ってくる——。ここでも渡る世間に鬼はいなかったのである。

私の目にはまだありありとひとりの年配の英国婦人の姿が残っている。察するところその婦人もまた、ある年齢をすぎた英国婦人たちの例にたがわず、ひそかに水彩画に凝《こ》っていたようすで、たびたび近づいてはまるで美術館にでもいるように熱心に私の作品を覗きこんでいた。峨々たる連嶺の落日がアルプスの牧場の夕景に変り、ついに海辺にかがよう残照の景にいたると婦人は一ペンゲー貨を私の帽子に入れてくれた。

「まことに恐れいります、奥様！」

「お若いのにお気の毒なこと、昔はきっとお仕合せだったのでしょうね」

「もちろんでございます、奥様、ですが時勢という奴が……、おかげで私どもはもうだれもかもひどいめに合わされます」

「そうねえ、まったくその通りよ。でもあなたはだれがみても本物の芸術家なのに、どうしてこんなところまで身を落したのかしら？」

ここでかりにも私が謀叛気《むほんげ》を起して、舗道画家稼業ははた目にはアトリエ画家よりおちぶれてみえてもときにははるかにみいいりが良いのだなどと口にしようものなら、ひと悶着《もんちゃく》は免れなかったろう。また私は自分で選んだこの役柄に一種の陰湿な満足感を覚えはじめていたおりとて、いまさらそれを棒にふる気持はなかった。そこで私はこう言った。

「話せば長い物語です、奥様。私はいわばいろいろな事情の犠牲と申せましょう。多かれ少なかれ私ども人間とはみなそうしたものではないでしょうか」

老婦人は同意の溜息をついて、今度は私をまさに本物の哲学者だと評した。私は思わずローベルトおじがいつかリアーネについて語った言葉を思い出した。ふたりが知り合ってまもなくいまと同じ言葉でリアーネが彼を評したという話に続けておじは言ったものである――多くの連中、特にご婦人連は哲学的認識なるものをまことに単純に考えているもので、えてして哲学などとは最も縁遠い人間をつかまえては、これこそ哲学的見識の持ち主だなどといともかんたんに信じ込む傾向にある――。

そこで私はこの老婦人に、だれでもこのように明けても暮れても街路に坐っていたらさまざまの考えが頭に浮んでくるものだという意味のことを答えた。すると婦人は五ペンゲー紙幣を一枚、帽子に投げ入れた。どうやらこれはもっと続けて哲学的真理をひねり出すべき良い機会《チャンス》だと思ったが、他人の真の寛大さを喰いものにするのは恥ずべきことであるし、それ以上はさし控えた。いずれにせよ私はこの心付け《チップ》を絵によってではなく、哲学することによって稼いだのである。世には舗道哲学者なるものもいるに違いない。彼らには少なからざるみいいりがあるものと私はにらんでいる。

この親切な婦人はその後もいくどか立ち寄っては私の作品を賞讃したり、ついでにふたことみこと私と罪のない会話をとりかわしたりした。そのつどまこと鷹揚《おうよう》に心付けをはずんでくれるので、できるなら舗石を引っ剥がしてせめて一枚でも私の絵としてお礼のしるしに贈りたいほどであった。そして私はこの婦人に対してさえも自分の真実を隠して芝居をせねばならぬことに、ほとんど罪の意識にも似たものを感じた。最良の人間とはつねに人生を最も単純な姿でのみみているひとびとであり、なみなみならぬ人生の難関にさしかかっても少しもそれと知らずに通り過ぎてしまうひとたちである。このひとたちの心情にはいかなる悪もつけ入る余地がない。

「ザンクト・イグナーツは呼ぶ！　夢の保養地！」――スロヴツォグラード市でもこの魅惑的な宣伝ポスターが目につかぬわけにはいかなかった。朝方、私の職場なる舗道めざして出勤する時、あるいは夕暮れて帰路につく途次、駅にさしかかるとここでも例のポスター画がブラヴァチア語の謳い文句をかかげて私に笑いかけていた――優雅な町並みさながら珠玉の小邑《しょうゆう》――、巍然《ぎぜん》たる山脈深く抱かれて――、光り輝く青空のもと――。すると私の心にはきまって、昔リュディアおばがせっせともち帰ってくれた記念みやげのかずかずがよみがえった。当時の私にはちっとも魅力のないがらくたばかりであったが、それでもいつのまにか私の心のなかには、温泉保養地なるものに関するどこか浮き世離れしたイメージができあがっていたものらしい。いったいこのザンクト・イグナーツ、色どり華やかな珠玉の小邑とは事実いかなるところなのだろう――？

たとえ話とか比喩を額面通りに受けとる私の若年のころの性癖については前にも触れたが、

長年月の体験にもまれていつしか矯正《きょうせい》されたものとだれしもが思うだろう。だがそうはいかなかった。昔はいわばこましゃくれた子供の気転《アペルシユー》ともいえたこの癖は、大人《おとな》となったいまでも子供っぽい単純さという形でまだ尾をひいていた。私の心にはしだいに、ザンクト・イグナーツ行きを実現して胸奥の憧れと溜まりに溜まった好奇心とをみたしてやろうという決意がふくらんでいった。

こうして私は充分なペンゲー貨幣がふところに貯るのを待って切符や新しい身分証明書《パスポート》を手に入れ、ある日汽車に乗ってザンクト・イグナーツに旅立った——当時用いた偽名をいまもって使っているしだいだが、伏せておくことをお許し願いたい。

＊　＊　＊　＊

ザンクト・イグナーツは文字通りアルプス地方最高の美観をもつ小邑で、冬場のスポーツもさることながら、夏には国際的社交界や遊蕩《ゆうとう》界の人士が集中する理想的避暑地となっている。環境はまさに抜群、たいがいのこの種の町にくらべても及ぶものは見当らない。話の通りを良くするため謳い文句をまねて少しばかりつけ加えさせてもらうなら——豊かなる森にかこまれ、水晶さながらに澄むアルプス湖畔の町、躍動する鱒《ます》は釣人を待つところ、活動家にはゴルフ、ポロ、ボート、ヨット、散歩、登山、謎解き遊び等のお楽しみ、多少不得手のかたがたには社交生活のお歓び――。

以上はむろんスポーツ好きのひとたちや多少体力がある客人用の項目で、残りの施設はこの一覧表とはまた別口に設けられている。湯治療養客のための設備で、各種各様、きわめて豊富にとり揃えられ――即ち、炭酸・鉄分含有・浴用・飲用泉、泥土浴《モーア・バート》、天然――お好みにより人工――アルプス泥土罨法《モーアあんぽう》、マッサージ、温浴マッサージ、水圧マッサージ、冷温交換シャワー、浣腸浴《ダルム・バート》、浣腸《ダルム》冷温交換シャワー、各種吸入器、口唇美容シャワー、口唇美容マッサージ、電気療法、等々――。

この多彩な療法を受けてなおも全快に達しない病人は、病気とは事実いかなるものかを知らぬものであり、いかにぜいたくな努力を重ねても全癒することはないのである。

以上のような盛り沢山の行事番組に従ってどんどん日が過ぎて行くが、それでもときに手隙《てすき》の時間が――正気に引き戻される幕あいが――生ずる場合は地元の管弦楽団が引き受けて、ケーレル・ベーラ「祝典序曲・寺院奉献歌」、フェトラ「アルスター湖の月」、オストルシル「白昼夢」などの曲目がもっぱら華やかな舞踏会《クランツ》を随時誘い出すために演奏され、美神《ミューズ》にもしかるべき栄光の花環《クランツ》をおすそ分けするのである。

そこでまたこの美神《ミューズ》は、過去百年以上にもわたって徐々に拡張され発展してきた巨大なホテルの建築様式の変遷にも、察するところ大いに手をかしていた。たとえばこの堅牢広大な十九世紀中葉の建築——ときおりは着色タイルの装飾模様などが軽快な趣を添えることもあるこの建物の上に、好況の前世紀九〇年代のある建築家は、木の欄干《らんかん》とあまり極端でないゴシック風アーチを備えた上階をのせた。さらにその後今世紀に入ってひとりの建築技師がやってきて建物のようすを吟味検討した末に、無造作に東洋風寺院《パゴダ》様式の階を築こうと試み、非情な石造建築理論に阻《はば》まれてそれをコンクリートでやってのけた。次のものはこの作品の上にスイス式の屋根と彫り細工の破風《はふ》を飾って仕上げをした。郷土特有の様式が口出しするのは当然のことで彼を非難するにはあたるまい。この仕上げに難点があるとすれば、今後やってくる建築家が——たぶんガラスと鋼鉄を駆使して意志を表明するに違いないその建築家が——新たなる階を組み入れるにあたってまずこの屋根を帽子でも脱がせるようにひとまず除去せねばならぬことだろうが、金に糸目はつけぬとあればさしたる問題でもない。実際にまたそれをするだけの値打ちは充分にある。つまり各種の建築様式の変遷をたった一軒の建物で鑑別できるのである。

さていままでの描写ではまだ不充分であるが話の区切りがついたのを機にこれで切り上げよう。ザンクト・イグナーツをご存知ない読者に言葉で印象を伝えようとすることじたい誤りだろう。想像しようにもそもそもそれが不可能な土地なのである——。

＊　＊　＊　＊

到着してまもないころのある日、私は街路の賑《にぎ》わいでも眺めようと思って——そして値段の見当をつけてからリュディアおばがくれた例のとっておきの記念指輪を売り払うつもりで、ホテルの玄関を出ると一枚の小さなポスターが目にとまった。

——今夕
グランドホテル「マジェスティク・エ・ド・ラペ《Majéstic et de la Paix》」（豪壮・平和の意だろう。英・仏・擬造語を重ねて建物の様式の複雑さをもじっている）
「銀の小広間」にて
ハンス・ハミリカル・ビュール氏による
自選の詩・箴言《アフォリスメン》・朗読会——

私はこの会に出席することにした。従来私の目にたいしたものとは映っていなかったこの詩人の才能を、あらためて見直すのに良い機会となるだろう。ともかく彼の才能はザンクト・イグナーツのグランドホテル「マジェスティク・エ・ド・ラペ（Majéstic et de la Paix）」の「銀の小広間」の扉を開放させ――「銀の小広間」のいかなるものかを知ればそれだけですでにたいしたものといえるのであるが――、あまつさえ選りぬきの聴衆の前に登場するという放れ業をなしとげているのだ。

――ビュール氏に脱帽――私はそう思った。ズーダーマン・小型ソーセージからプロチェゴヴィーナの芸術文化批評活動、さらに上流社会の銀の広間――まさにノーベル賞なみの尻あがりの出世である。

だが、でかけるのには用心も必要であった。この詩人と正面から会うのは避けねばならぬ。私は世間から姿を消した人間であり、いつかまたそこに戻ることがあるとしても私自身が適当とみきわめをつけるまではこのままでいたかった。

商店街に出た私は、あちこちの流行服飾店や記念みやげ店、おつにすました画廊やらいくつかの時計店など通りすがりに眺めながら、まだ昼前だというのに、しかもこの温泉療養地で、もうかなりの賑わいがはじまっているのに驚いた。この時間にはたいていの療養客は冷温交換シャワーとか浣腸浴《ダルム・バート》、あるいはポロなどに専念しているものと思っていたのである。喫茶店《カフェー》・ヒンツェルマンにはオリーヴ油を黄色く肌に塗りたてた婦人客たちがコーヒーと小さなケーキ《プティフール》を前に身動きならぬほどひしめき合っていた。いずれも小粋《こいき》な登山服姿だがむろん本物の登山に役立つしろものではない。この婦人たちの間を縫って小さな子供たちやレースやリボンで飾りたてたおしゃまな少女たち、それに口達者な少年たちが——いずれ将来こめかみに白いものがまじるときのあっぱれ「頽廃期《ファン・ド・シエクル》の放蕩紳士《ルエ》」振りをうかがわせるにたる少年たちが、遊びまわっていた。

私は最初に目についた宝石店で例の指輪を売り払った。その種のものの値段にうとい私は渡された金額に大いに満足した。おかげで今後この土地で何週間かひとつの心配もなく過せるのである。土地がらからいって予想以上にさまざまの経費がかさんでも充分にゆとりがある——私は満ちたりた気持でホテルへの帰路についた。

こうして画廊まで引き返してきたとき、前に私がうっかり見過してきた横向きのショーウインドーの奥に、一枚の絵が飾られているのが目にとまった。構図といい色彩の選択といい、みればみるほど昔の私の作品にそっくりで、はじめは本当にそうかと思った。だが落着いて昔てがけた作品をひとつひとつ思い起してみると、この絵がそうでないことははっきりしていた。夭折《ようせつ》したはずのこの私に、もはや偽作者の群れがたかりはじめたのだろうか？　だがもっと顔を寄せてみるとそうではなかった——絵の左下の隅には私の頭文字であるA・Vの文字がちゃんとしるされていた。私は本当にたまげた——これほどの注目すべき絵が記憶から消え失せるなどということがあり得るだろうか。ひとつ、とことんまで真相をたしかめねばならぬ——私は決心して店に入った。するとなんともう一枚、私そっくりの絵があって、これまた私の署名が入っていた。

私の作品の数は文字通りたかが知れている。おまけに私の目の記憶力は絵にたずさわるものなりにひとなみ以上であり、その私が二点もの自分の作品を目にして——それも、いまもって自分の最高傑作にかぞえあげたいほどの作品を目にして、覚えがないなどということの起ろうはずがない。

だがその瞬間、私の心にひと筋の光が——舞台照明《スポット・ライト》のように眩《まぶ》しい光が射し入った。ローベルトおじだ……、あのひとが……。ひとりの若い男の姿が店の奥に浮びあがると慎重な足どりで近づいてきた。まだすれてない美術商といった型《タイプ》で、いかにも仕事に明るくて商売熱心らしく、芸術家と顧客の双方に対するこまやかな理解の持ち主と見受けられた。男はまるで目にみえぬ石鹼でもかくしているように両掌《りょうて》を揉《も》み合せた。

「これはフェルハーゲンのものじゃありませんか?」私は店内の絵を指して尋ねた。

「さようでございます。おかげさまをもちまして手前どもの店には、あの貪欲な国々の争いの犠牲となられました若い痛ましい芸術家の作品が二点ほど用意してございます」

「おさしつかえなければ、この貴重な絵がどういう経路でお店の手に入ったのか伺いたいものですが」

「故人のおじ君《ぎみ》を通じてでございます。ただいまプロチェゴヴィーナ公国の文部大臣をなさっていらっしゃるかたですが、故人の遺産は全部このかたが管理していらっしゃいます」

――まったくローベルトおじというひとは心臓に毛がはえたような男だ――私は思った。文字通り、彼は私の劇的な最後を待ってましたとばかりに感動的な告示や決然たる声明の機会に利用して、その詐欺《さぎ》行為をいまや近代芸術の領域にまでもちこんだのである。だが、それではいったい私の本当の絵はどこに行ったのだろうか?

「この二点は特に優れた作品と申せます。故人の作品でもこれほどのできばえのものは、――つまり、なんと申しましょうか、これほどの情感の充溢《じゅういつ》を示しているものは多くはありません。たとえば、どうぞこの褐色の水平線をごらんください――青の平面に食い入らんばかりで、まるで暴力的に調和を破壊しようとしているようにお思いでしょう。みておりますとどうしてもこの芸術家があらかじめ殉難《じゅんなん》の運命を予知していて、それでここに……」

「で、この痛ましい画家の絵はいくら位でしょう?」

主人は――彼ひとりしかいないのでそう呼ぶのだが――途方もない金額を口にした。声の調子からみて、それで高いどころかむしろ安すぎるくらいに思っているらしく、ただ私風情《ふぜい》のものに本当に払えるものかどうか、鄭重《ていちょう》なものごしの奥からうかがっている気配であった。私はもうひとつの絵の値段をきいてみた。それはもっと高かった。この馬鹿げた値段はいったいなにを根拠に出てきたのだろう？　おそらくはローベルトの悪魔的なでたらめに違いなかった。

事実そんな大金は私が逆立《さかだ》ちしても払えなかったろうし、また、どだいそんな額は要求しなかったろう。私は、その値段がまことに適切でむしろ安すぎるくらいに思っているむねを口調《くちょう》と表情で伝え、さしあたりどちらを選ぶべきか本気に迷っているような印象を相手にあたえようとした。それからおもむろに故人のデッサンのたぐいはどうなっているのか尋ねてみた。

「デッサンのたぐいは——」彼はとりすました教師面《きょうしづら》をして答えた——「この若い殉教者は下絵一枚も遺さずに世を去りました。下絵ひとつ私どもの手に入りません。フェルハーゲンは下絵はいっさい抜きで心象を直接画布に投射したのです」

この解説は明らかにブルールムート氏の例のパンフレットから出ていた。ちなみにこのパンフレットは、人間的な面より芸術家としての面を重視して私を扱っている唯一の文献で、なかにはむろん多くのでたらめもまじっていたが、他のフェールヴァルトあたりの仕事とくらべるとまだしも真実を伝えるものといえた。要するに、自由の闘士とか殉教者とかいう美辞麗句で特に私を飾り立てていなかったのである。

ところで私としては、縁もゆかりもないひとりの男がおよそ事実とうらはらのことを、私自身の習慣と称してこまごまとひとに教えようとするのを不意に目にしたわけであるから、こちらはまた大いに反抗心をかきたてられた。私は口をひらいた。

「そのお説は私も知っています。ブルールムート氏が研究論文で主張するところです。しかし彼はまちがっています。一般に美術史家というのは非常に優れた学者でもこうした誤謬《ごびゅう》を犯しがちなものですが彼もその例に洩れません。といいますのも、げんにこの私の手もとに故人の鉛筆デッサン画が数枚あるからです。この蒐集が私の趣味でして、できればいくつか買い足したいものと思ってここにもきてみたしだいです」

主人は驚いて身を起し、同時にこれはおかしいといったような顔つきをした。当然彼の方が事情はよく承知しているに違いなかった。

「いちどそのスケッチを拝見させていただけましたら、私ども一同といたしましても、ひとつとっくりと……」――「私ども一同」と、彼は複数に変った。専門家仲間を指しているとも思われるが、あるいはまたたんに上司連中のことかもしれなかった。

私は数日中に作品を持参することを約して店を辞し、ホテルに帰った。そして約束のスケッチの制作にとりかかった。

＊　＊　＊　＊

ホテルの「銀の小広間」は満員にはほど遠かったが、それでもかなりの入りといえた。前の二列はがら空《あ》きで、三列目にはまだ嘴《くちばし》の黄色い若者たちが席を占め、さらにかなり間を置いて残りの聴衆が思い思いにいくつかのグループに分れて坐っていた。私は、気づかれずに詩人をよく観察できるように傍席《わきせき》に陣取った。詩人というのはえてして講演最中に求道者か予言者めいた目つきで――あるいは聴衆の反応を測るため、ないしはその両方の目的でまわりをねめ廻す癖をもつからである。

おもむろに広間が暗くなり、演壇の上のローソク明りだけが――焔《ほのお》の形をした豆電球の明るみだけが浮びあがった。ふとひとりの年輩の婦人が広間に入ってくると最前列のまんなかに席をとって、おりしも垂れ幕の中央に歩み出た詩人に向って励ますようにほほえみかけた。リュディアおばであった。

私にはようやくこの催しの楽屋裏がのみこめた。おばが、詩人・箴言家ハンス・ハミリカル・ビュール氏の後ろ盾になっていたのだ。おそらく彼はローベルトおじの推薦状などもでっちあげて、保護者《パトロン》になってくれるよう頼みこんだものだろう。そうに違いなかった。若衆好みのビュール氏は――彼の場合悲惨としかいいようのない趣味をもったこの男は、おばという老いの色濃い婦人に狙いをつけてお得意のバラ色の箴言《アフォリスメン》で接近し、まんまと例のフィリップの厭《いと》うべき後継者になりすましたのだ。そのためおばは名代の銀の小広間を身銭《みぜに》を切って借りてやったに違いない――講演者がだれであれここの演壇に登るのはそれだけでかなりの名誉を意味したのだから。というのも聞き手はみな、そのような催しは当然、だれかある有名人の逗留《とうりゅう》に敬意を表して療養所当局が主催したものと思いこんでいたのである。だれしも、費用は講演者本人あるいは保護者《パトロン》、、ちなどという「講演の夕」にのこのこ出かけるものはあるまい。

ビュール氏の詩風は以前とは一変していた。リュディアおばのねんごろなもてなしを受けているうちに変貌したものらしく、人間の魂の硬化《こうか》による世界没落の危機を告知するという、例のうんざりするような内容のものに変っていた。諦めにみちたこの哀訴の調べは、ときとして黙示録的な比喩の閃《ひらめ》きに明るめられながらいつ絶えるともなく続き、私もまたいつしか一種ねんごろな恍惚境《こうこつきょう》へと誘いこまれて行った。ただときどき白装束の浴場主任が、不吉な地獄の使者さながらの姿を現わして私をこの境地から呼びさました。この亡者は遠慮会釈《えしゃく》もなく美神《ミューズ》の領界にまで踏みこんできて生《い》け贄《にえ》たちに湯治時間の到来を告げ、哀れな連中がぞろぞろ席を立つとその背後について、処刑場へと——おそらく水流マッサージとか、あるいはなにか他の、ダンテ流の責め道具（ダンテの『神曲』地獄編に現われるさまざまの責め場面を指す）へと追い立てて行った。広間の薄暗がりに出没する彼の姿は冥府《みょうふ》の使者そのもので、朗読の内容にぴったり調子の合った挿し絵解説の役を果していた。

一方、箴言《アフォリスメン》のほうは——いかな浴場主任もこれだけは演じられぬていのしろもので、他のものにもおよそひとことも判らなかったろう。私にしても論旨の大略すらつかむのが不可能であり、いわんや再現などは思いもよらぬ。本人にしても意味の難解さかげんは——なにか意味があるとしてのはなしだが——よく承知しているらしく、ひと句切りがつくたびに荘重に銅《ど》鑼《ら》を鳴らしてそれを知らせてくれたので、かろうじて、テーマの移り替りだけは聞き手に判った。銅鑼の鳴らし役は例の若者のひとりが受けもっていたが、おそらく苦心惨憺《さんたん》してテキスト全文を覚えこんだものだろう。

リュディアおばは湯治の必要がないらしかった。彼女は両肩をゆったり毛の襟巻きで被って席に身を沈め、先刻ご承知に違いないビュール氏の思想に——とりどりの黙示録的比喩から神、時間、永遠、罪などについての所感にいたるまで、細大洩らさず熱心にきき入っていた。

その夜、会が終ってから私は、ビュール氏と腕を組んでホテルのホールを通り抜けてゆくおばの姿をみた。白髪まじりの亜麻《あま》色の髪を高々と結《ゆ》いあげ、鼻欠けの狆《ちん》を二匹紐《ひも》につないで前に駆りたてて行くその姿をみているうちに、不意に烈しい同情の念が私の心に湧き起った。この婦人は気品高く老境に入るという仕合せにはついにありつけなかったのだ。それ以後私はおばにもビュール氏にも会ったことがない。

そもそも本物の絵とは何だろう？　本物の絵とは即ち、ひとりあるいは数人の専門家によって本物なりと折り紙をつけられた絵にほかならぬ。

いま机の向う側に、われながらとりわけ上出来と思われる鉛筆デッサン画が数枚額縁に入れてかかげてあるが、これはいずれも、ローベルトおじの偽作を発見してまもなく、例の揉《も》み手の男との約束に従って私が店に持参したものである。二、三日そのままあずけておいてふたたび受け取りに行ったとき、彼はどこか嬉しそうな遺憾のほほえみを浮べて口上を述べた——残念ながらこのデッサン画は薄幸の画家アントン・フェルハーゲンの手法をまことみごとにまねているが、原画でないことだけははっきりと申しあげざるを得ない、云々——。述べ終ると彼は私のデッサン画とローベルトおじの偽作をくらべてみて二、三の相違を指摘した。彼の意見は、――公平に耳を傾ける限り――この私にも納得がいった。

「しろうとでも目の利くかたなら、あちこちのこまかい部分にみられる微妙な相違がお判りになるでしょう」――ひとを馬鹿にするつもりはなかったろうが――彼は私をしろうととき めてかかった言いかたをした――「まったく近ごろの偽作ばやりときましてはもうひどいものでして――と申しましてもかくべつ驚くほどのことでもありませんが……」彼は口をとじた。

　いったい私になんと答えられたろう？　私はすでにアントン・フェルハーゲンではなかった。となるといまさらそれを認めさせようとしても無駄だろうし、厳密にいえば嘘をついたことになる。かといってまた、この私こそ店の絵の原作者であるなどと主張できたろうか？――事実私が描いたものでもないそれらの絵の？

　あるいはこの機会を逃さず、ローベルトおじの詐欺師《ぺてん》ぶりをあばきたてようか？　それこそ見込みのない無益な冒険というもので、身の破滅を招くのが落ちである。お前こそ詐欺師《ぺてん》だというわけで即座に罰せられることは明らかであった。ごらんの通り、私はまことに厄介な、奇妙きわまる立場にいた。

　この手記のはじめに私は、世に物議をかもす意図など毛頭ないむね、社会改善の役柄は私にまったく無縁であるむねをはっきりおことわりしておいた。世にいう社会改良家なる手合いの実情を知るものにとっては、なんら怪しむにたりぬことだろう。ここで私はさらに、そのような態度をより広い範囲にわたって貫いてゆきたいと思う。人生の難関に遭遇して自分自身の利益を護り得たようなためしは、私にはかつてない。そして、それは結局それでいいのである。なぜなら、自分のためをはかることが他人の破滅を意味する場合はいうまでもなく――そしてたいてい結局はそうなるのがふつうの世の中であるが――、ともかく今日、なにが本当にためになるかを見定めるのは実に容易なことではない。昨日熟慮の末に踏み切った行動が、今日はもはや軽率で愚かしいものになりかねず、今日の営みは、明日はすでに犯罪に変り、そしてまた明日の行為は……、その先は読者にお任せする。ともあれ私は、なんらかの思わぬ事故によって――私と似たような事情であろうとなかろうと――匿名を余儀なくされているひとたちすべてに、心からお勧めしたいのである――匿名は貴重な宝であり、めったなことで手放してはいけないと。

＊　＊　＊　＊

このような感想を私は昨日フィリップにしゃべったばかりである。私たちは田野を横切り、果てしなくひろがる夕闇のなかを歩いた。はるか上には月が――光を受けて輝くあの巨大な球状の岩塊が――蒼ざめたランプのように懸《かか》っていた。私の提案で、ふたりは白樺の枝をそのまま組み立てたベンチに腰をおろした。私は大自然のこの深遠な完璧性にフィリップの注意をうながした。「いや、その通り、まったく素敵なものさ。だがこのベンチときたらまさに拷問具《ごうもんぐ》だね。いったいどうして民芸調家具という奴はどれもこれもわれわれの骨組みの責め道具みたいにできているのかね?」フィリップは反問した。

私はそれにはかまわず周辺の美しさをことこまかに述べたてた末に、真の喜びとはたとえばひと手が加わっていない物に接する際の満足感などがそれであるが、こうした感情は人生になんら野望を抱かぬものにのみ許されるのだ――私はこう断定した。――「彼らがもっとも仕合せなひとたちではないでしょうか――」

フィリップはこうした私の言いかたに、なにか、たとえば村娘とのいざこざなどに関して、遠まわしに私があてつけてでもいるような気配を感じたらしく、不興げに口を入れてきた――「いちばん仕合せというのは生れない連中のことさ」そしてほっと溜息をつくと彼は言いたした――「だがそんなことはせいぜい千にひとつもあるかなしだね」

フィリップはよくこういう言いかたをしたが彼の場合まに受けてはいけない。この男の嫌悪は世の中そのものに対してではなく、正義とか真実が一文の得にもならぬ世間に対してのみ向けられているのである。

いちど述べたように、彼は変貌した。以前はその豊かな独創の才をまさしく世間をあざむくために用いてきた彼が、すくなくとも一度だけはまったく正反対の目的にその才能を使おうとした。ザンクト・イグナーツでの一件の後、偽作問題に関して相談するべく私が彼のもとへとおもむいたときのことであった。彼はローベルトおじの罪状を明らかにして法廷に引きだす計画を組んでくれた。この計画は結局日の目をみなかったが、ともかくこの詐欺師《ぺてん》を世間から──少なくとも美術界からは最終的にしめ出すことに成功したのである。

話が先走ったようだ。

フィリップはいかさまだらけの危険な旅の道行きにしだいに倦《う》み、どうにもぱっとしない空もように退屈したという理由だけで、ふたたび正道に逆戻りをはじめた連中のひとりであった。こう言っても別段失礼にはあたるまい。つまり私が言いたいのは、彼の変貌は、はっきりとある時期を境に行われたものではなく、またそのいかさま行脚《あんぎゃ》の足を不意に引き留めるなんら外的な契機があったのでもないということである。これという理由もなしに彼は、われとわが手を額にあてて「フィリップ、汝《なれ》そも何をか為《な》せる?」とばかりに、逆戻りをはじめたのであった。

もうかなり以前から彼は、美術骨董商売とは、専門的熟練とは名ばかりの、裏はとうに腐れかけている世界であることを知ってうんざりしていた。ある日、たまたまひとりの著名な蒐集家を陳列室《ガレリー》に案内して最近仕入れた二、三の品物をみせているうちに、彼はふだんと少しも変らぬなごやかな声で――つねづね顧客たちに大いに効果をあげてきた口調そのままに、手もちの古美術品の真の由来を説明しはじめたのである――あの上品な襞《ひだ》取りのある噴水像はチロル地方十七世紀の品ではございません。制作者は現在ヴュルツブルク近くの田舎に住んでおります素晴らしい腕前の模造職人でございまして、この職人は木喰い虫を独得のやりかたで飼っており、新作はすべてこの虫に喰わせて穴だらけにするのでございます。むろんこの虫がなみの大きさの像を通り抜けるにはふつう数年はかかります。――あれにみえますデルフト焼きの陶皿は絵柄といい材質といい十六世紀ものとおみたてでしょうが実はそうではありません。今日この種の品は千個も二千個も一度に工場で大量生産されております。もっともこうしてできました製品は二、三年間は柔らかい粘土《ねんど》に埋められまして、そこで時代ものらしい趣が備わるという寸法です――。

その蒐集家は棒立ちのまま口もきけぬ有様であった。秘蔵のチロル産噴水像が二つ三つ、それに数枚のデルフト焼きの陶皿が、いまや目もあてられぬがらくたと化したわけである。彼はフィリップに相当額の口止め料をさしだしたが拒絶された。フィリップは真実なるものの口あたりの良さをはじめて味わったのである。

結局蒐集家はあれこれとわけの判らぬ脅し文句を並べたてて陳列室《ガレリー》から出て行ったが、こうした文句は、フィリップも先刻ご承知だったように、けっしてたんなる脅しの範囲を出ることはないのである。

これが彼の、ついに正道へと踏み切った第一歩であり、その最初の決然たる方向転換であった。彼の陳列室《ガレリー》ははた迷惑な啓蒙施設と化し、その内容に関して蒐集家たちは互いに固く口をとざしていたし、客は二度と寄りつかなかった。一方フィリップはそんなことにはおかまいなしに、さらに続けて背徳行為を真実の世界から駆逐すべくその計画を練っていた。ときあたかも、私は彼の陳列室《ガレリー》に姿を現わしたしだいであった。

* * * * *

「君だったのか！　死んだとばかり思ってたよ」フィリップは言った。

「みなそう思ってます、でもこの通り生きています。もっともいまじゃ画家アントン・フェルハーゲンではありませんがね。なにしろあの男はプロチェゴヴィーナとブラヴァチアの国境で射殺されたんですから」

「そうとも、その件は私もきいている」

「たぶんあなたの方が私よりずっとくわしくご存知でしょう、遠く離れているものやなるべく時間的距離をへだててものごとを観察するものは、目撃者とか当の犠牲者よりもはるかによく消息に通じているのがふつうですから」

「その通り、事件というのはそのようにして歴史的な真実と化するわけだ。事件そのものにはなんの意味もない。結果とか影響がどう出るかによってすべてがきまる」

「きっとその原則通りに実践なさっているんでしょうね」私は室内に陳列されている、本物にしては上等すぎる古美術品をしげしげと眺めた——「さしずめあなたはその歴史的真実の告知者というところですね」

「それは違う、うわべにごまかされてはいけない」

「とんでもない、私は、うわべにごまかされない点ではだれにも引けをとらぬつもりですよ」

彼は大げさな身振りでまわりの模造品を示しながら言った——「ごらんの品々はいずれも廃物ばかりだ。私はここの店じまいにきているのだ。ここ数カ月、取引先の連中にこいつらの素性をぶちまけてきたのだが、おかげではじめて良心の満足という奴を味わっている。さしずめもう後には退《ひ》けぬ歩を踏み出したというところさ。――もっとも、良心の満足という奴がこんなに退屈なしろものとは知らなかったがね」

「良心を、目的そのものと考えてはいけないと思いますね」――私はそっけない調子で言った――「その力でなにごとかをはじめるのです、できればあなたの良心と二度といざこざが起らないようなことをはじめるのが一番でしょう。たとえばこういういかさま類をもちこんでくる連中の首っ玉を抑えつけるのはどうでしょう?」

「その必要はない。連中には二、三週間前に電報を打って、いかさまがばれて警察が動きはじめていると知らせてやった」

「それは本当ですか?」

「いや、まだそこまでは行ってない。だがともかくこの電報で連中はいっせいに泡を喰って本拠地を捨てて逃げ出したことはたしかだ。これで私が、少なくとも自分の足場に火をつけたことは判るだろう。あとはその火を煽《あお》りたてるだけだ」

彼は口をとじると、それにはいかにも君の支持が必要だといわんばかりに私をみつめていたが、あえてそれは口に出さず黙り続けた。

さきに私の方が口をひらいた――「あなたに相談にのっていただきたいことがあるのですが――」それから私はローベルトおじが私の絵を偽作していることについて話した。彼は慎重に耳傾けながら私に向ってほほえみかけた。どうやらこの話がおあつらえむきの誘い水になって、彼の水車が廻り出した気配であった。

「どうなるか思い知らせてやろう」話が終ると彼は言った。それからちょっとの間考えこむふうだったが、やがて「私はいうなれば一種のナス科植物のようなものだ。春には毒のある花をつけたが、秋のみのりは食べられるだろうよ」

＊　＊　＊　＊

そのころローベルトおじはすでに安閑としておれない状態にあった。もうかなりの年齢でもあるし、たえずいらいらしていて、夜は安眠できなくなっていた。夜ふけて起き上ることもしばしばで、リアーネが行ってみるとまだ夜明け前だというのに、彼はくぼんだ目をうつろにみひらきとりとめない言葉を呟《つぶや》きながら、片手にはコニャックびん、片手にはグラスをもって自分の画廊をふらついていたりした。これは文部大臣として彼が負うている責任などのせいではなかった。いやしくも文明国の文部大臣は、アルコールの力に頼らねばならぬような憂悶とは縁がないものである。理由はまったく別で、彼の心痛はひとえに、ヨーロッパのふたつの有名美術館が、彼に覚えのないアヤクス・マズュルカの絵を一枚ずつ購入したことに発していた。つまり彼は、マズュルカの作品全般に関する支配権を失いかけていたのである。

問題はまず、マズュルカ作「クルツェシュの戦場に臨むシグムント・ムシュタル」に端を発した。この購入に際して買い手の側は、史料の調査その他巨匠の他作品との厳密な比較照合等、煩瑣《はんさ》な手続きをいっさい省《はぶ》くために、現存のマズュルカ研究の最高権威者なるヴィルヘルム・ブルールムート氏に立ち会いを依頼した。ところで氏は、この作品が質的に多少怪しくとも本物と断定するよう、あらかじめプロチェゴヴィーナ側からの厳しい指示を受け取っていた。ブルールムート氏はこの絵を鑑定し、本物と断定して購入を勧めた。だがこの作品の出所については——彼や他の一味のもの、特にローベルトおじあたりはぜひともくわしい事情を知りたかったにもかかわらず——さまざまの外交上の理由からいっさいの詮索をさし控えた。

それからまもなく、今度は後期作品「正教派尼僧像」が出現するに及んで一同の不安は濃くなった——いったいこの新しいマズュルカ、しかもかなり腕の立つこの作者はなにものなのか。そして今後なおもどれほどの作品が世にまかり出るものなのか？　いずれにせよこの謎の作者の活動に終止符を打たせるべきときがきていた。ブルールムート氏は派遣されてかの地におもむき、その作品を贋物《にせもの》と断定した。ところが彼は、作品のもとの所有者であるその国の政界の大物に告訴されたのである。

この騒ぎは鑑定後まもなくブルールムート氏が急逝したので裁判沙汰にまでは発展しなかったが、おかげで無気味な謎の人物の件もうやむやのまま残された。はたしてこのマズュルカの偽作者が、凡百の古典画偽作者と同類の、単純な、いわば特にふくむところのない人物なのか、あるいはマズュルカ作品の裏の事情に通暁している人物で、しだいに減りゆく一味グループの混乱の増大や深まりゆく相互間の不信を知悉《ちしつ》した上でまんまとそれを利用しているのか、知るものはいぜんとしてだれもいなかった。

後の方が本当だとすると、いったいその目的は何なのか？　またブルールムート氏亡《な》きあと次のマズュルカの権威者にはだれがなるのか？　そしてその人物が、今後何点まかり出るか見当もつかぬマズュルカの新作品を本物とし、従来のものを偽作と断定しないとはだれに保証できようか？

この思いが昼夜を分かたずローベルトを悩ましていた。そこで彼はコニャックを飲み、年のせいで肝臓障害を起して、おかげでリアーネまでが憂鬱な時を過すことが多かった。彼は落着きを失い、しじゅういらいらと怒りっぽかったのである。だがそれもまた無理からぬものがあった。なにしろ齢はとっても分別がいっこうに伴わぬリアーネは、ひたすら耐えがたいほどの献身的サービスぶりで彼をなぐさめ、いかなる憂悶をもたとえばレモン湯とかそれに類した家庭用品で回復させようとする以外、手は知らなかったのである。

こんなことになる以前になぜローベルトはリュディアおばのところに引退して静かに余生を送っていなかったのか、読者は不審に思われるに違いない。答えは唯《ただ》一つ、もう時はおそすぎたのである。彼は潮時を見誤ったのであった。

ローベルトなる人物が倫理的にみて、とりたてていうほどの高潔なひと柄であるどころか、ほんのわずかでも上等と呼ぶに値しない人間であることはいまさらいうまでもないことである。ひとをみる目の肥えた読者はすでにそれぞれのローベルト像をこしらえあげているに違いない。だがもしもその像に、世間の通り言葉でいわゆる「まっとうな」面が性格的に特徴づけられていないならば、完全とはいえないのである。彼のような人物の場合これは矛盾したことのようにきこえるかもしれないが、よしんばそれが魂の正体を隠す意識的偽装にすぎぬ場合もあるにせよ、世間にはしばしば起り得ることである。というしだいで、彼がプロチェゴヴィーナ公国に心からの愛着を覚え、かつてひとりの民族的巨匠を贈ったこの国に対してかなりの矜持《きょうじ》の念をすら抱いていたということは、ローベルト・ギスカールなる人物を考える場合忘れてはならぬことなのであった。

このために彼は、特にみいりがいいわけでもない文部大臣のポストを投げ出しもせず、当時なおもプロチェゴヴィーナに留まっていた。そしていままで時間の許す限り仕上げてきた古典期の巨匠たちは、いぜん彼ならびに国庫の双方に収益をもたらしていたわけであるが、むろんこうした彼の献身はもっぱら愛国心に発する犠牲的行為としてのみ解されるべきであった。なぜなら、古来の王族の裔《えい》を戴く畏敬すべき君主国家に対して、ひとびとが当然のこととして捧げるような信頼を、種々の交渉に際して個人としての彼に示すものはだれひとりいないことを、ご本人がきわめて明瞭に承知していたからである。

だが足もとに火がついたともなると話は別で、できれば彼も、リュディアおばの管理する山荘に逃げこみたかったに違いない（そうしたらひょっとしてハンス・ハミリカル・ビュール氏と鉢合せしたかもしれぬがこれはまた別の話である）。しかし彼の旅立ちは許可されず、のみならず総理大臣が彼に面と向って言ったところでは、ことが国際的事件《スキャンダル》にまで発展した場合彼はいわば人質として抑留されることになっていた。なぜなら、煎じつめればアヤクス・マズユルカとは彼以外のなにびとでもなかったのである。

＊　＊　＊　＊　＊

　ある晩彼がナポレオングラスを前に沈鬱な表情で坐っていると――リアーネは例によって刺繡枠に向っていたが――召使いのものが一枚の名刺をもってきた。「ミスター・ローデリック・L・プラット」、これが訪問者の名前であった。ローベルトはグラスをひと息に飲み干すと顔色が真っ青になった。驚いて立ち上ったリアーネは大急ぎで、熱いレモン湯でもどうかと尋ねた。

「そんなものがいま役に立つとは思えないね、おまえ」――ローベルトは努めて冷静に答えた――「つまり、なんというか、レモン湯ではどうにもならない、一種の突発事件なのだよ」

　それから彼はリアーネを室外に去らせて、きたるべき破局の大きさをさしあたりひとりでたしかめる用意をした。

　ローデリック・リオネル・プラット氏が入ってきた。彼はまず、文部大臣ローベルト・ギスカール閣下にじきじきに話をする栄誉を許していただけるかどうかを尋ねた。ローベルトは一礼して、それはいうまでもなく自分にとってもまことに愉快であるむね、答えた。

「私がもしも閣下でございましたら、さような仰せはこの私の話がすむまでは口にいたしますまい」――プラットは言った――「すでに名刺でご承知でしょうが私はプラットと申します。このひびきはたぶん閣下のお心に、あるご記憶を、いやひょっとしたらそれ以上のものを呼びさますはずのものと推察いたしますが――」

「さて、なんのことですかな……」ローベルトはとぼけて口をひらいた。

「たしかに閣下、かなりの時がたっております。おそれながら閣下のご記憶にほんの少しばかりお手伝いをさせていただきとう存じます」ここで彼は紙挟みを引きよせて一枚の絵をとりだした。それはまぎれもなく、昔ローベルトが描いたホルバイン作「レディ・ヴィオラ・プラット」像に違いなかった。

「これはもと閣下のご所蔵の品ではございませんでしょうか?」

「いやまったくその通りです。いま思い出しましたが、たしかに私のところにあったものです。先祖伝来の品でしてな。当時学資に窮して手放したものですが、いまとなればなんとしてでも買い戻したいものです。値段を言っていただけたら……」

「閣下、私はそのために参ったのではございません。これは私の一族のゆかりの品で手放すわけには参りません。レディ・ヴィオラは――友人仲間はヴィーと呼んでおりましたが――私の祖先のひとりでして、当時名だたる宮廷婦人でした。伝えられるところではトーマス・モーア卿の愛人であったとか。骨董的価値よりないといたしましても、手放すなどということは一族のものだれひとり考えてもおりません。――閣下、ただいまご記憶を新たにされたと存じますが、ところで閣下はまたこの絵の、制作者ではございますまいか？」

ローベルトは微笑した。

「これはまたプラットさん！」彼は片手を心臓のあたりにあてた――「私がこれほどの腕前の巨匠ならいまごろこんなところに坐っていませんでしょうな」

「さて、いかがでございましょう？　実際のはなし、遠からずまったく別の場所にお坐りになることと拝察いたしますが、閣下」

「それはどういう意味ですかな？」

「はっきり申しあげます、閣下、ここにあります私の先祖、レディ・ヴィオラ・プラット像は、ご承知のように、ホルバインならかく描いたであろうとの閣下のお考えのもとに制作されたものでございます。また事実この婦人の姿かたちがこうであったとしたら、ホルバインもかならずやこのように描いたに相違ありません。しかしながら、彼女は違いました」――ここでプラット氏は紙挟みに手を入れてもう一枚の絵をとりだした。「これこそホルバインが描いた、ありのままのレディ・ヴィオラ・プラットの姿です」

ローベルトの落着きが徐々に崩されてきたことは、これまでの会話でも痛ましいまでに明白にみてとれるものであったが、ここに到ってそれはほぼ完全に失われた。

「あなたはレディ・ヴィオラ・プラットが実在の人物であるばかりか、ホルバインが本当にそれを描いたとおっしゃるのか？」彼はゆっくり呟くと、みるみる打ちひしがれたようすに変った。

「いまこの場で、鑑定問題とか自分の一族の物語などで閣下を退屈させるつもりはございません。それより一杯のコニャックの方がたぶん閣下のお気に召すでしょうから。しかしながら、まったく仰せの通りでございます。まれにみる偶然のいたずらと申せましょう」

「まったく、まれなことです」ローベルトは二、三度うなずいて言った――「いまだかつて書物でみたこともない――もっともじきに書物にものるでしょうが。いやまったく思ってもみないことでした」

「だれしも、すべてを考えることは不可能であります、閣下」プラット氏はなぐさめるように優しく言った。

ローベルトは気をとり直した。

「話を戻しましょう。であなたはいったいどうなさるおつもりですかな？」

「はっきりと全部申しあげます。私は閣下を裁判所に引き渡すつもりはございません。美術商といたしまして私なりに全然違った扱いを考えております。むろん閣下には大臣をやめていただかねばなりますまい。この土地では閣下はあまりにも危険すぎます。すでにマズュルカの贋物が出廻っております。本物に手が廻るのももはや時間の問題と申せます。——いずれにせよいっしょに行動していただくことになるでしょう」

「もし嫌だと言ったらどうなさる？　これでも公国の大臣なりに、なにがしかの権力はまだもっていることをお忘れじゃありませんかな？」

「たしかに閣下、なにがしかは——しかしそれとてもしれたものです。閣下の正体がばれたが最後消えうせます。燃えさしの一塊の石炭のようにひとびとに見捨てられることがお判りでしょう。連中はまさかこの国が、いままでマズュルカや昔の巨匠連の作品で儲けた金を返すのに完全に崩壊することになるなどとは思ってもみませんからね」

ローベルトはおどおどと、自分もそうは思わぬむねを答えた。

「ではいったいこの国はどこから金をひねり出すというのです？」プラット氏はもうその必要はまったくないのに追及の手をゆるめずに尋ねた。

ローベルトはようやくこのプラットなる男が容易ならぬ人物であることに気づいて背筋が冷

える思いをした。彼はいままでの甘い考えを放棄した。大臣の地位はいまや抵抗のすべもなく、このとるにたらぬ白面の一尖鋭分子の手ににぎられていた。彼は保守内閣の大臣の威厳に諦めの色をにじませてこの男を退《さが》らせた。だがなおもローベルトは全面的に降参をしたわけではなかったのである。

彼が気持を鎮めようとコニャックびんに手をのばしたとき、リアーネが部屋に駆けこんできた。彼女はかつてのスパイのやりくちで、扉にかくれて盗み聴きしていたのである。

「もうなにもかもおしまいよ！」彼女は芝居じみた叫び声をあげて絶望的に髪をかきむしった。

「そんな大げさなことを言うものじゃないよ、おまえ。ことは重大だが、前よりもっと悪くなったわけじゃない。いずれにせよ私たちの話でひとつだけはうまくいった。プラットは総理大臣のところに行って私の釈放を頼むだろう。彼の論法はまことに的確だから、みなは逆らえずに私を自由にするに違いない」

「でもそのかわりに、私たちは今度はプラットに悩まされるのよ！」

「まあいまに判るよ、おまえ。そんなに長いことじゃあるまいさ」

だがリアーネの気持は納まらなかった。昔すすんでスパイを志した性格的素地のいく分かは

——冷静な思慮判断という面ではなかったにせよ——まだ彼女に残されていたのである。後にローベルトがあいまいな運命の内に消えたのもそれが原因であり、責任は本来彼女にあるとしても、ともかくリアーネに善意と情熱が欠けていたためではない。この点では彼女に非難の余地はないし、他人はともあれ、釈明を求める気持など私にはない。リアーネに罪があるとすれば、それは彼女が世のつねの婦人なみに感情的な単純さをまるだしにして、重要な点をいくつか見落した点にある。なかでも致命的なのは、当然のことながらローベルトはまた彼なりにこの降って湧いた難題の解決策を胸に秘めているということを考えなかったことである。おかげでこの解決策はただ彼の破滅を招くだけの結果に終ったのであった。

＊　＊　＊　＊

このひと騒がせな登場からわずか数日後、プラット氏は、ローベルト、リアーネとともに近東特急《オリエント・エクスプレス》に乗りこみ、プロチェゴヴィーナ仕立てのガラ空きの車輛に腰をおろしていた。この車輛は、昔ローベルトが置去りにされた地点——彼の波瀾万丈の生涯の出発点となった例の分岐点でパリ行きの列車に連結されることになっていた。一行がコニャックの栓を抜いて、これからはじまる共同作業に祝盃をあげる段になってローベルトは席を立ち、ちょっと失礼というわけで車室から出て行った。

外のまっ暗な通路で彼は首尾よく車掌をさぐりあてた。

「あなた、三百ズリニーほど稼ぐつもりはありませんかな？」彼は車掌にこう尋ねた。

「もちろんです、ぜひいただきたいものです。ところでなにをすればいいんで？」

「なに、たいしたことじゃない。機関士や火夫のひとたちにも少しははずみましょう。いいですかな、この車輛の洗面所に鍵をかけてもらいたいのです、お判りかな？」

「承知しました」車掌は驚いて答えた。

「よろしい。私の車室はついそこですが、ほかに婦人と紳士がもうひとりいます。この紳士はいずれその内に手洗いに立つでしょう、なにしろわれわれは人間ですからな」

「まことにさようで」

「この車輛の洗面所が鍵がかかっていて使えないとなると、彼は次の車輛の洗面所まで行く、お判りかな？」

「まことにその通りで」

「彼が車室を離れたらころあいをみはからって私が非常ブレーキを引っ張る。汽車が止ったらあなたは後ろの車輛を切り離す。そしてまた汽車はもと通り動き出す。どうですかな？」

「それでおしまいで?」

「その通り」

「四百ズリニーですな、だんな。なにしろ妻もおりますし、ほかにもまだ……」

「よろしい、四百にしよう。そのあたりはまあどうでもよろしい。さっそくことのしだいを機関士に話しなさい。万事、迅速、円滑なことの運ばれかたによってきめよう」

満足の面もちでローベルトは車室に戻った。プラット氏とリアーネのふたりは、それぞれの思惑を胸に、ひっそりとコニャックを飲みかわしていた。ローベルトもまたきたるべき勝利の予感を胸に、大いに飲みまくった。その結果ローベルトがまずまっ先に、先刻車掌にしゃべった「人間」的な要求をもよおすことになった。やむなく彼は車室を出た。

手違いはその直後に起った。前述のように、ひとりひそかに解決の手を練っていたリアーネが、いきなり、まさにその手に一丁の連発拳銃をにぎって、プラット氏に両手をあげるよう命じたのである。プラット氏はすなおにそれに従った——が、実は、あげた一方の手で非常ブレーキを引っ張っていた。

軋《きし》みながら汽車が止った——と思うと、数秒おいてまた走り出した。リアーネはうろたえて拳銃を下ろした。ところがもっとたまげたことには、その直後、車掌が顔を出して四百ズリニーの支払いを要求したのである。

拳銃を目にした車掌の驚きもさることながら、彼をもっと当惑させたのは、そこにいた紳士がぬけぬけと約束を否定したことであった。やむなく彼はこれまでのいきさつを、はじめはつっかかりながらもしだいに立板に水とばかりに細大洩らさずまくしたてた。それがすむとプラット氏と力を合せて、卒倒したリアーネを慎重に座席の上に移しかえた。

さて次にプラット氏は最も良い面を発揮した。ほほえみながら彼は紙入れから四百ズリニーをとりだして車掌にあたえたのである。

お金を受けとると車掌はおずおずと口をひらいた——先刻の紳士は機関士と火夫にも多少色をつけるむね約束した上に、実は彼としても金額の見積りを誤ったというのである。——たしかに四百ズリニーは一車輛の切り離し代としては充分な額であるが、少し以前からこの列車は三輛編成になっていて、二輛目を切り離すことは同時に最後のもう一輛をも離すことになるのを彼は失念していた、従ってもう四百ズリニーその分としてちょうだいするのが至当であるが、そこはひとつ思い切った割引をさせていただいて、あと三百ズリニーというところで……。

「そんな心づかいは無用だね」ほっとしたようすでプラット氏は親しげに答えた。「あなたはたぶん、奥さんや子供さんがたを養っているのだろう。お金がいるにきまっている。これを取っておきなさい、機関士と火夫には百ズリニーずつ、あなたにはもう四百ズリニーあげよう。しめて千ズリニーだが、それだけの値打ちがあることだ。ところでその二輛にはほかにもお客はいたんだろうね?」

「一輛はからっぽですが、もう一輛は三等車でして、ドイツのフットボール・チームの一行が乗ってました」

やりとりの間にいつしか正気づいて気もそぞろにきいていたリアーネは、ここでふたたび失神に逆戻りした。

「それはよかった」——上機嫌でプラット氏は言った——「仲間がいりゃ気もまぎれるだろうし、なによりも少しは元気づくだろう。なにしろあのあたりは全然ひと気《け》のない地方のようだったね」

「ブラヴァチア・シュロフシュタイン山脈のあたりでして、住んでいるのは回教徒の牧人だけです。連中は異邦人をあまり好いていません」

リアーネがすすり泣きの声を洩らした。なんといっても永年の間、ローベルトと仲睦《むつ》まじく暮してきたのである。

「それで、あのあたりから次の村まではどれくらいあるのかね?」プラット氏が尋ねた。

「たいしたことはありません。せいぜい数キロというところですが、ただそこには馬泥棒ばかり住んでいまして、いずれも輪をかけた外人嫌いときています」

「あなたの役目は終った。これで終りにしよう」

車掌はおじぎをした。「ではお休みなさいませ。神の祝福と恵みと末長い仕合せがありますよう」

彼が出て行くとプラット氏はリアーネに言った。

「奥さま、あなたさまのご不幸は私といたしましても衷心《ちゅうしん》より遺憾至極に存じ上げるしだいです。ご主人ギスカール氏はあなたさまにとりましてさだめしかけがえのない人生の伴侶であったこととお察しいたします。はからずも彼の運命はあなたさまのおかげで私の予想の範囲をはるかに超えたものとなってしまいましたが、しかし率直に申しまして、この私はあなたさまほどに、彼に好意をもっていたわけではありません。お気を悪くなさらないでほしいのですが、あなたさまのご計画は充分な熟慮をへたものとはいいがたいものでした。いうまでもなくあなたさまは、憎むべき二枚のホルバインの絵を私から奪おうとなさったのです。しかし奥さま、私はよろこんでこの絵をあなたさまに進呈いたしましょう。私自身に関しましてはこの絵はふたつながらもう役目を終えたからです。ただ、あなたさまにとりましてもこの絵はもう役に立たないのではないでしょうか。私がおみせしたホルバインの作品は、ご主人のお描きになったものと同様、贋物なのです。ご主人がかんたんに動顚《どうてん》なさったのは私にも意外でした。やはりもうお年でしたし、往年の面影はすっかり薄れてしまっていたのでしょうな。もっともそれはあなたさまがだれよりも良くご存知でしょうが。

ともかく絵は両方ともお好きなようになさってください。お目あての旅券《パスポート》もどうぞご自由に。先ほどは車掌の邪魔が入って取りそびれたわけでしょう。しかしこの旅券《パスポート》も贋物です。本物は別のポケットにあります。私の本名はフィリップ・ロスコル――この名前をまったくご存知ないとはまことにふしぎなくらいです」

「そんな名前知らないわ!」リアーネは反抗的に答えた。

「それは結構、名前などはひとに知られないほど良いのです。あなたさまもさだめし身に覚えがおありでしょうが」

＊　＊　＊　＊

この事件もいまとなればもう遠い過去の物語である。例のドイツのフットボール・チームは数カ月後にふたたび――全員揃ってではなかったが――元気な姿を現わした。欠けたのは左翼の前衛がひとりに右翼の守備がひとりと覚えているが、ただちに補充された。この連中からは、いずれにせよローベルトおじの行方はなにひとつきき出せなかった。

というわけでローベルト・ギスカールの波瀾と汚点に富む生涯にふさわしい結末をあたえるのは、読者の想像力におまかせしようと思う。私自身としては、彼がポドルチアの馬泥棒や回教の牧人諸君にまじって新生活をはじめるというのもあながちあり得ぬことではないと考えたい。だがリアーネならびにフィリップからの報告がこの点では——前述の椿事《ちんじ》についてもぴったり話が合っている点から推して、ローベルトおじの心の冷静さはかつての不滅の創造の才もろともすでに失われていたことは疑えない。とすると彼はついにブラヴァチア・シュロフシュタイン山脈から逃れ出ることはできなかったと考えるのが妥当だろう。

この哀れな末路に正義心の満足を覚える読者が安堵《あんど》の吐息をつくことは自由である。だがこれをもって正義の必然的勝利の例証として一般に敷衍《ふえん》することだけはくれぐれも用心していただきたい。私のみるところ、この結末はまったくの例外にすぎず、むしろ他人を陥れる悪者ほど長く栄えるのが世の習いである。この種の手記が多く日の目をみるにいたらないのも、まさしくそのためと私はにらんでいる。該当する連中は私たちの間にのうのうと暮しており、告発でもされようものなら牙をむいて復讐してくるに違いない。

そしていま、なぜかリアーネのことが思い出される。当時フィリップから私のことをきいて、彼女はおじの遺稿類を私に持参してくれたのである。むろんまだ生きているには違いないが、まかりまちがっても私のこの文字が——彼女もまた、知恵と美徳の衣でかならずしも飾り立てられてはいないこの手記が——彼女の目に触れることがあろうとは思えない。いずれにせよ彼女は、相戦う二大勢力の双方のために活躍するという年来の宿望をともかくにも果したわけであり、またそれによって、かつて一片の愛着すら覚えなかったに違いないプロチェゴヴィーナ公国が、今日むらがる隣国によって分割され、ついに滅亡するにいたる過程に貢献したわけである。おそらく私がこれを書いている間にも、彼女はすでに来るべき戦争に備えてささやかながら準備をととのえているのではあるまいか？

一方ビュール氏は——少なくともリュディアおばの遺産は彼が相続したものと私はにらんでいる。だがこれはいわばおばの生前からすでにそうであったようなもので、おかげで彼は年々新たに一冊の箴言集《しんげんしゅう》をひねり出せたわけであるが、しかしおそらくいまは彼の唯一の趣味はこれではなく、一番金のかかる道楽もまた別に存することだろう。例の山荘はかんじんのローベルトおじが消えて所有権の主張者もいないところから、ビュール氏の手で一種の少年院のような施設に模様替えされた様子である。彼一流のやりかたで、この世の生存競争に勝ち残る有効な手段を伝授しているのだろう。彼もまた運命のなりゆきに不平をとなえるいわれはないし、おそらくそんな気持ももってはいまい。

＊＊＊＊

私の手記はこれで終る。どうやら委《ゆだ》ねられていた義務を果し終えた気持である。あまつさえこの手記は今日という秋のひと日を私にたっぷりと楽しませてくれた。どうか読者にも同様に楽しんでもらえることを願うばかりである。それ以上のことを私は望まない。はじめにおことわりしたように、この手記は世に物議をかもすためのものではない。アヤクス・マズュルカが実際に存在したか否かも、最後のいまとなってはどうでもよいことである。過去の事実に追い打ちをかけ、真実の光に照らすべくあばきたてるのは無意味なる所業といえよう。過去は過去をして安らかに葬らしめよ——。マズュルカの作品に感嘆し、たとえば美しい春のひと日、修道院の仕事場や生家を訪れる機会に恵まれたいくたのひとびとにとっては、アヤクス・マズュルカの存在はもはや否定し得ぬことなのである。なぜなら彼の存在は、それらのひとびとの感動と体験そのものの一部にほかならないのだから。

同様にマズュルカはまた、この時代のいくたの偽作者たちにとってもたしかに存在した。新しいマズュルカ作品がこれまでにも出現したことからもそれは明らかであり、そして引き続き今後もふえてゆくみこみである。本来の制作者を知るものは今日だれもいない。反証が呈示されるまでは、従ってそれらはいずれも本物なのである。だがおそらくそんなことは起るまい。だれしも真相の暴露には関心を抱かぬのがふつうである。

ところで、フィリップがおじを降参させる小道具として使ったホルバインの作品は私が制作したものであり、私の手になる最後の作品である。これ以後私は絵筆や鉛筆を手にしたことはないし、今後もまたそのつもりである。アントン・フェルハーゲンは二度と死者の領域から蘇生できるものでもなく、私としても現代の美術界に、自分自身の偽作者としてまで憐れな地位をもとめる気持はない。またいかなる芸術といえども直接の反響を欠いては存立し得ないのである。違う意見のものがあれば、それはまちがっている。

いつしか夕暮になった。私はいつものようにこの時刻になるとやってくる隣人、フィリップ・ロスコルの現われるのを待っている。彼の更生はいまや完了した。彼が一種の巡回説教師として暮れゆく文化の苑《その》をへめぐるのを手控え、あらゆる時弊の克服者として落陽を背に自らを聴衆に顕示するのを控えているのは、もっぱら彼が無精者のせいである。

　私たちは例によって一杯の葡萄酒をともに飲み、トランプでこっそりひと勝負をすませ、それからおそらく昔話をくり返すことだろう――それ以外私たちの心をそそるものはないのだから。

訳者あとがき

現代ドイツ文学の異色の担《にな》い手のひとりであるヴォルフガング・ヒルデスハイマーの経歴はまことに風変りである。一九五二年に発表された最初の短篇集『愛されぬ伝説（Lieblose Legenden）』から最近作の長篇『テュンセット（Tynset）』にいたるまで、この経歴のうえでの特徴が作品の基本的な枠組みに深く関わり合っているように思われるので、まず簡単にその輪郭を紹介してみよう。

ヴォルフガング・ヒルデスハイマーは一九一六年に北ドイツのハンブルクに生れ、初・中等教育をハンブルク、オランダ、マンハイム、イギリス等の各地で受けている。一九三三年から三六年まで、当時イギリスの委任統治領であったパレスチナで家具工芸、室内装飾、美術印刷などを習い、三七年より三九年まではロンドンの美術学校で絵画、舞台美術等を学んだ。第二次大戦が始まるとイギリス軍の将校（！）としてパレスチナで情報・宣伝活動に従事し、ドイツ敗戦後の四六年から四九年にかけては、例のナチ戦犯に対するニュルンベルク裁判の法廷において主任通訳《シェフドルメッチャー》を勤めている。ドイツ人である彼が、戦勝国イギリスの情報部の将校の経歴を背に、敗れた祖国の罪人を裁く橋渡しをしたわけである。

その後は画家として上部《オーベル》バイエルンに住み、発足したばかりの西ドイツの中核的文学団体――「四七年グループ」に加わって著作活動にはいった。五二年、前述の最初の短篇集『愛されぬ伝説』を発表して声価を得ていらい作家として独立し、小説、エッセイ、戯曲、ラジオ、テレビ・ドラマ等の分野で特色ある活躍を示して今日に至っている。なお、ラジオ・ドラマについて付言しておくと、文芸作品の伝達媒体としてのテレビが多くの知識人たちに意識的に軽視される傾向にある西ドイツにおいては、ラジオ・ドラマは（散文作品の朗読もふくめて）なおも多くの才能ある作家を惹きつける領域であり自己顕示の舞台であるが、一九五四年度の西独（戦盲者記念）ラジオ・ドラマ賞はこの作家に授けられた。ちなみに、現在西ドイツの代表的詩人のひとりにかぞえられているインゲボルク・バッハマンも、後にこの賞を受けている。

『詐欺師の楽園（Paradies der falschen Vögel）』はこの作家の最初の、いわゆるロマンの試みであり、『愛されぬ伝説』で声価を得た翌年の一九五三年に発表された。

内容をかんたんに一瞥してみると、物語りはいわゆる一人称小説《イヒ・ロマン》の形をとって、すでにかなり以前に死亡したとされている画家、アントン・フェルハーゲンなる人物が、どこかドイツの片田舎にひそかにかくれ住んで匿名のまま、自分とおじロ－ベルトの経てきた数奇な、波瀾にみちた生涯を物語るという形式である。つまり、自分がどのような異常な環境で育てられ、さまざまの出来事を経た末に国境事件で射殺されたことにされてしまったか——国際紛争の崇高な犠牲者、憂国の殉教徒、夭折《ようせつ》した天才画家アントン・フェルハーゲンに祭りあげられるにいたったかを、おじである天才的偽作者、詐欺師・兼色事師ローベルト・ギスカールの生涯ともどもに物語るのである。そして、これを物語ることはまたそのままおよそ呆れるほど大胆でグロテスクな国際的詐欺事件の裏をあばくことにつながる。すなわち、プロチェゴヴィーナなる小公国生れの——「プロチェゴヴィーナのレンブラントと称せられる」——十七世紀前半の偉大なる絵の巨匠とされているアヤクス・マズュルカなる人物は、かつて実在したことのない、全くの架空の人物で、数人の詐欺師たちによって企てられた国家的規模のペテンによるでっちあげである——したがってその巨匠の作品と称されて世界各地の美術館に飾られ、珍重されている「名画」はすべて「偽作」ですらない架空のでたらめであり、またさらに、これらの詐欺師たちの中心人物ローベルトおじはかつて実在した歴史的巨匠たちの「名画」にも手を出していて、多くの偽「名画」が各地の画廊や美術館に巧妙にまぎれこんでいる——こうした途方もない実状をありのままに報告することになる。こうした筋書きに乗って、物語りは「私」が遭遇したさまざまの、いずれもペテン師の匂いのするうさん臭い人物たちの言動や、「私」の追懐、感想などを縦横に織りこんで展開してゆく。ローベルト以外の主だった人物をちょっとひろってみても——ローベルトの妹で、由緒ありげな山荘に偽造の古美術品や偽の「名門の先祖の墓」などにかこまれて住み、慈善パーティと温泉めぐりの合間に次々とあやしげな若いつばめを飼育するリュディアおば、——このリュディアに後期ビザンチン美術の権威と称して偽古美術品を売りこみ、「私」の家庭教師兼リュディアの情人役を勤めた後にそれに倦んである日ふと「改心」し、天才詐欺師ローベルトをまんまとペテンにひっかけて倒すフィリップ・ロスコル、——ドイツ人美術史家ならではの精緻な実証にもとづくマズュルカの伝記（！）をものにし、マズュルカ伝説の信憑《しんぴょう》性を一身に支えた末についにその偽作（！）が出るに及んで動転、急死するブルールムート、——詩が売れず、ある会社のソーセージの宣伝文で金を稼いで急場をしのいでからプロチェゴヴィーナに移住して高名なる芸術評論家兼男色家となり、失脚してからはリュディアのねんごろな保護のもとにせっせと深遠難解なる箴言《アフォリズム》製作と愛のお返しに精を出す詩人ハンス・ハミリカル・ビュールー——その他、もとスパイでローベルトの妻リアーネ、ペテンで国庫の窮乏を救おうとする君主と大臣連、ゆすり専門の車掌、機関士、火夫、等々——いずれの人物もユーモラスに、ときとしてはグロテスクなまでに戯画化されて物語りに編みこまれ、茶番劇めいたエピソードを随処にくりひろげる。舞台はヨーロッパから中近東まで転々と移動し、それぞれの土地の事情に通暁した者の馴れた足どりを感じさせるが、この作家の特異な経歴を思えば当然ともいえるだろう。

ところでいうまでもなくバルカン半島の一隅にプロチェゴヴィーナなる公国は実在しないし、過去に存在したこともない。アヤクス・マズュルカなる近世初期の画聖の名を私たちはきいたこともないし、匿名の語り手なる「私」——年少の天才画家アントン・フェルハーゲンなる人物にしても同様である。すべては作者の虚構《フィクション》である。しかもその虚構たるや、虚構のなかでさらに壮大な別の虚構を作りあげてそれをあばき、あばいた結果がまた虚構という、二重、三重の虚構である。この虚構世界のなかでは、実在する（あるいは実在した）地理名や人物名は、その現実性、事実性の重みを捨象されて、虚構の舞台のたんなる背景、副次的な書割りに化している。この作品の魅力のひとつはたしかに、ぬけぬけと現実から拘束的事実性の重みを抜きとる洒落《しやれ》た作者の手口、そうして捨象した事実にまったくの虚構を織り合せて二重、三重の虚構世界を紡《つむ》ぎあげる作者の、手さばきの巧妙さにあるだろう。

だがそれだけではあるまい。この作品が私たちのこころに投げかけるさまざまの触発には、もっと複雑な、にがい味わいがあるようだ。たとえばこの虚構世界の随処にはめこまれている、戦後ヨーロッパの社会風俗や政治風土を思わせるモンタージュ風の描写——偽善的慈善パーティ、怠惰で猥雑な湯治場風景、サングラスを光らせ金もうけのために国から国へと（男から男へと——）渡りあるく美貌のスパイたち、ところかまわず貼られた誇大な観光ポスター、のしあるく観光バス、造られた名所旧跡、秘密地図に酷似した現代絵画、国境争い、プロパガンダ合戦、政治デモ要員育成のための大学、等々——これらの描写にみられる皮肉なユーモアと軽妙な諷刺、それらが発散させる騒々しい、しかも奇妙になまなましい現実性——これにもむろん原因はあろう。

さらにこのような現代風俗に対する諷刺が、登場する詐欺師たちのうち、とりわけ同国人であるドイツ人にむけられるときにはことさらに鋭く、戯画化はほとんどひとつの告発にまで尖鋭化していることも見逃せない。プロチェゴヴィーナの芸術ボス的評論家兼詩人ビュール氏は、コマーシャリズムに乗って金をもうけるアカデミカー、権力と金力にとりいる芸術家、対象を見ないで（読まないで、聴かないで）批評する評論家、男色家、代作させる詩人、「狭い一面的見解を模糊たる美辞で飾る」箴言家《アフォリスト》、等々さんざんに痛めつけられる。また、詐欺師一味に必要なマズュルカ研究の権威、実証にもとづく伝記作者を得るために、美術史家ブルールムート氏が、特にドイツ人学者であるからという理由で選ばれるというのも皮肉なはなしである。なぜならドイツ学者は「世間の評価にそむかず、無類の専門的博識家であるのみならず、もっとも信頼できる」人種であるからというわけだ。彼らの実証力、博識、信憑性は虚偽のでっちあげにも有効に、強力に仕えるというのである。「私」の感想にもしばしば、あきらかに現代の西ドイツに照準されていると思われる憤懣の言葉があらわれてくる。改心してなおも不機嫌なロスコルについて――「彼の、世間への嫌悪は、世間そのものにではなく、正義と真実がなにひとつ意味をもたぬような世間のある面へとむけられていた」、また天才詐欺師ローベルトの惨めな末路についても「私」は警告する――「この哀れな末路に正義心の満足を覚える読者が安堵《あんど》の吐息をつくことは自由である。だがこれをもって正義の必然的勝利の例証として一般に敷衍《ふえん》することだけはくれぐれも用心していただきたい。私のみるところ、この結末はまったくの例外にすぎず、むしろ他人を陥れる悪者ほど長く栄えるのが世の習いである。この種の手記が多く日の目をみるにいたらないのも、まさしくそのためと私はにらんでいる。該当する連中は私たちの間にのうのうと暮しており、告発でもされようものなら牙をむいて復讐してくるに違いない」。

これらの描写や発言には、たしかに、戦後西ドイツが辿った政治社会的推移や精神的風潮に対する、戦中派世代作家の屈折し、傷ついた良心が放つ批判と告発がこめられている。しかもこの作家の場合、そうした批判や告発は、彼が経てきた戦中、戦後体験の特異さによってより複雑に増幅され、微妙な屈折を二重三重に深めているともいえる。

だがこの作品が私たちのこころに喚起するイメージのなかには、なにかしらさらに別の、暗く微光を放つ一粒の核《ケルン》のようなものがひそんでいないだろうか。作者の資質の奥に発光して、この作品をたんなる虚構の感興《ゼンザチオーン》・茶番への逸脱から救い、まき散らされた諷刺と批判をそれぞれの場所に安住させず、作者の自我偽装の巧みさを陳腐さに堕さしめないもの——私はそれを、この作家がもつ詩人性であると思う。

一九六三年秋に、「四七年グループ」の代表的文芸批評家ヴァルター・イェンスはハイデルベルク大学の講堂で、『現代ドイツ文学——その位置づけの試み』と題するひとつの講演を行なっている。現代ドイツ文学のポエジーを支える枢要な中核——その尖鋭な推進力のひとつとみられる「四七年グループ」の成立について説明した後に、戦後のドイツ文学を三つの時期にわけて簡潔な見取図を示し、さらに現状についてその特徴、傾向、困難性、それらの原因等を分析して未来への展望を試みたものである。そのなかでイェンスは、現代のドイツの作家たちに共通する姿勢的側面に言及して、第一に、彼らが全く意識的に「アヴァンギャルド（前衛）」であることを拒否し「ジンテーゼ（総合）」を目指していることをあげ、次に、彼らが共通して、いわゆる「Dichter（詩人）」の栄光世界への昇華を拒否して地上的「Schriftsteller（作家）」の地平に留まろうとし、意識的に「Handwerker（職人）」であり続けようとしている点を指摘している。イェンスの言葉をかりるなら、彼らがみずからをその対極に位置づける「詩人」とは——「あらゆる作家や文士たちの頭上はるかの雲上に君臨し、不可解な言葉を口ごもり、ひたすら母なる根元への回帰をくり返し、幽暗にささやく者」である。彼らは、これらの「詩人」——「たとえばゲオルゲやリルケの在りかたにみられるような陶酔と囁きの呪文、夢幻の「歌」や「詩」の秘義などに対して意識的に対立する」。

ところで、「詩人」になることへの拒否がなんらかの実質的意味をもち、隠秘な屈折をへて生産的ポエジーに変換されうるのは、当人が「詩人」であるか、「詩人」的資質をもつ場合のみであるのはいうまでもあるまい。そしてイェンスはここで、むろん、自分をもふくめた、現代ドイツ文学の生産的ポエジーの担《にな》い手についてのみ語っているのである。とすると、イェンスはここで、リルケ的・ゲオルゲ的でない新しい型の「詩人」への、あるいは「詩人」的資質への、期待を語ってはいないだろうか。リルケやゲオルゲに宣告をくだす彼の口調に、いわば決意して未来に向いた者にのみその権利が許される、過去の意識的抹殺、一種の暴力的処刑の匂いをかぎとることは、また彼自身の新しき「詩人」としての自負をかぎとることにたぶん重なるのである。

このような感想を傍においてヒルデスハイマーを考え、この作品を眺めてみると、たとえば堕落したアカデミカー、ビュール氏の戯画化にしても、また詐欺師ローベルトとその妹リュディアの素姓を描く皮肉なタッチにしても、印象はさらに微妙な色調をおびてくるのである。前述のようにさんざんに痛めつけられてでてくるハンス・ハミリカル・ビュール氏は、かつては抒情詩人であり、「リルケに随伴するある特定現象」と題する博士論文によってわずかながら専門家間の注目をあびた経歴をもつものとされている。リルケの生涯に付随してみられる「ある特定現象」とは意味定かではないが、どうせろくなことではあるまい。いずれこのリルケ研究学者が、背に腹はかえられずソーセージのコマーシャル文を書いて小金を儲けたり、後に「諸芸術にかんする一面的見解を模糊たる美辞で飾る」能力を駆使して芸術評論界の名士におさまったり、さらに後には、大年増の金持婦人にたっぷりと保護されて「黙示録的比喩から神、時間、永遠、罪、等の洞察」にいたる詩や箴言をものしているというのであるから、おおよその見当はつこう。ローベルト兄妹の素姓をのべるくだりにしても――「両親は世間的華やぎにはほとんど無縁の人たちであったが、その貧しさが内部からの輝きとなるまでのものであったかどうかはつまびらかにしない」とあり、リルケの『時禱詩集・貧しさと死の書』中の一句――「なぜなら、貧しさとは内部から射す偉大な輝きなのだ……」――このあまりにも有名な一句を洒落《しゃれ》のめしている。要するにヒルデスハイマーは、厳粛に完結しているリルケ空間にひきずりこまれるのを拒絶し、遠巻きに嘲弄し、洒落のめすのである。

だが彼のこの嘲弄のひびきには、どこかしら秘かな自嘲にもかよいあうもの、過ぎ去った自虐の苦痛のかすかな痕跡が残されてはいないだろうか。それはまた言いかえれば、完結した過去への還帰を嘲弄し、拒絶する否定体としてのみ今はその所在を顕示する彼の「詩人」的資質が、苦渋な未来を予感してためらい、ためらいながらも耐えぬこうとしている、孤独な自負の反映ではないだろうか。

すくなくともこの視点をはずしては、今までの、またこれからのこの作家のあゆみを見極めることは困難なように思われるのである。

本書の出版に当って多くの御尽力を賜わった高橋義孝先生、ならびに新潮社出版部佐藤浩太郎氏の非常な御努力に対してこころからお礼を申し述べたい。

（一九六八年夏）
訳者

ヴォルフガング・ヒルデスハイマー邦訳作品

長篇小説

『詐欺師の楽園』（*Paradies der falschen Vögel.* 1953）小島衛訳、新潮社、１９６８／白水Ｕブックス、２０２１　※本書

『眠られぬ夜の旅　テュンセット』（*Tynset,* 1965）柏原兵三訳、筑摩書房、１９６９

『マルボー　ある伝記』（*Marbot. Eine Biographie.* 1981）青地伯水訳、松籟社、２０１４

短篇小説

「ある世界の終末」（Das Ende einer Welt）高辻知義訳、『創られた真実　狂信の時代・ドイツ作品群Ⅲ』（學藝書林、１９６９）所収

「ある世界の終わり」（Das Ende einer Welt）垂野創一郎訳、『怪奇骨董翻訳箱　ドイツ・オーストリア幻想短篇集』（国書刊行会、２０１９）所収

戯曲

「もう遅い」（*Die Verspätung,* 1961）越部暹訳、『現代世界演劇８　不条理劇（３）』（白水社、１９

71）所収

伝記・エッセー・その他

『モーツァルトは誰だったのか』（*Wer war Mozart?; Becketts „Spiel"; Über das absurde Theater.* 1966）丸山匠訳、白水社、1976／新版1985。※「モーツァルトは誰だったのか」「ベケットの《芝居》」「不条理演劇とは何か」を収めた原書（1966）に、雑誌掲載の「デューラーはデューラーのままか」（Bleibt Dürer Dürer?, 1971）を併録。

『モーツァルト』（*Mozart.* 1977）渡辺健訳、白水社、1979

＊

「ゲオルク・ビューヒナーについて」（Über Georg Büchner. 1966）藤本淳雄訳、『ゲオルク・ビューヒナー全集』（河出書房新社、1970）所収。※ゲオルク・ビューヒナー賞受賞時の記念講演。

「息を殺したビューヒナーのメランコリー」（Büchners atemlose Melancholie. 1966）栗林澄夫訳、『照らし出された戦後ドイツ　ビューヒナー賞記念講演集（一九五一―一九九九）』（人文書院、2000）所収。※ゲオルク・ビューヒナー賞受賞時の記念講演。テキストは右記と同じ。

「カフカ論など書くものか」深見茂訳、『クヴェレ』第22号（クヴェレ会、1969年10月）掲載

「モーツァルト」渡辺健訳、『ユリイカ　1978年12月臨時増刊　総特集モーツァルト』（青土社）掲

載。『モーツァルト』（*Morzart.* 1977／邦訳白水社）からの抜粋。

ラジオドラマ（放送）

「ヴァルザー氏のからすたち」（Herrn Walsers Raben. 1960）沼崎雅行訳、鶉野昭彦演出。ＮＨＫ〈海外ラジオドラマ特集〉１９６３年９月27日放送。

著者紹介

ヴォルフガング・ヒルデスハイマー　Wolfgang Hildesheimer

ドイツの作家・劇作家・画家。1916年、ハンブルクのユダヤ人家庭に生まれる。パレスチナとロンドンで家具工芸、室内装飾、絵画、舞台美術等を学び、第二次大戦時にはイギリス軍の将校として情報・宣伝活動に従事、ニュルンベルク裁判では通訳を務める。戦後、ドイツで文筆活動を開始し、戦後派作家の集まり〈47年グループ〉の一員として、小説、エッセー、戯曲、ラジオドラマ等の分野で活躍。1952年に第一短篇集『愛されぬ伝説』、53年に長篇『詐欺師の楽園』を発表。『眠られぬ夜の旅　テュンセット』(65。邦訳筑摩書房)で作家的地位を確立し、1966年、ゲオルク・ビューヒナー賞を受賞。演劇の分野では不条理演劇の代表者と目された。1991年死去。他の邦訳に『マルボー　ある伝記』(松籟社)、『モーツァルト』『モーツァルトは誰だったのか』(白水社)がある。

訳者略歴

小島衛（こじま・まもる）

ドイツ文学者、京都大学名誉教授。1928年、旭川市生まれ。京都大学文学部卒業。北海道大学助教授などを経て、京都大学教養学部教授。92年定年退官。2001年死去。著書に『ミュンヘンの光と影の中で』(PHP研究所)、訳書にノサック『幻の勝利者に』(新潮社)、『リルケ名詩選』(大学書林)、『リルケ全集』(共訳、河出書房新社)、カロッサ『熟年の秘密』(『ハンス・カロッサ全集6』臨川書店)など。

編集＝藤原編集室

本書は1968年に新潮社より刊行された。

白水uブックス　237

詐欺師の楽園

著　者　ヴォルフガング・ヒルデスハイマー
訳者©　小島　衛
発行者　及川直志
発行所　株式会社　白水社
東京都千代田区神田小川町3-24
振替　00190-5-33228　〒101-0052
電話　(03) 3291-7811（営業部）
　　　(03) 3291-7821（編集部）
www.hakusuisha.co.jp

2021年9月15日　印刷
2021年10月10日　発行
本文印刷　株式会社精興社
表紙印刷　クリエイティブ弥那
製　本　加瀬製本
Printed in Japan

ISBN978-4-560-07237-0

乱丁・落丁本は送料小社負担にてお取り替えいたします。

白水uブックス

海外小説 永遠の本棚

ウッツ男爵

ある蒐集家の物語

ブルース・チャトウィン 著　池内紀 訳

冷戦下のプラハ、マイセン磁器の蒐集家ウッツはあらゆる手を使ってコレクションを守り続ける。蒐集家の生涯をチェコの現代史と重ね合わせながら、蒐集という奇妙な情熱を描いた傑作。

裏面

ある幻想的な物語

アルフレート・クビーン 著　吉村博次、土肥美夫 訳

大富豪パテラが中央アジアに建設した〈夢の国〉に招かれた画家夫妻は、奇妙な都に住む奇妙な人々と出会う。やがて次々に街を襲う恐るべき災厄とグロテスクな終末の地獄図。作者自筆の挿絵を収録。

第三の魔弾

レオ・ペルッツ 著　前川道介 訳

十六世紀のアステカ王国、コルテス率いる侵略軍に三発の弾丸で立ち向かう暴れ伯グルムバッハ。騙し絵のように変転する幻想歴史小説。